作
石崎洋司

画
栗原一実

マジカル少女レイナⅡ

妖精のバレリーナ

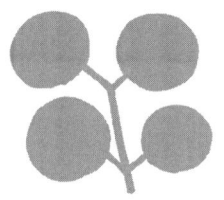

フォア文庫

もくじ

登場《とうじょう》人《じん》物《ぶつ》紹介《しょうかい》

レイナ

マジカル王国《おうこく》から人間《にんげん》の国《くに》へやってきた魔法《まほう》つかいの女《おんな》の子《こ》。幸小学校《さいわいしょうがっこう》4年生《ねんせい》で、ペットショップ「レイナ」の店長《てんちょう》さん。

ペロちゃん

レイナのおとも、執事《しつじ》見習《みなら》いのチアーズが子《こ》犬《いぬ》に変身《へんしん》している。

ニャー太《た》

レイナのおとも、執事《しつじ》のチェンバレンがネコに変身《へんしん》している。

伯爵《はくしゃく》夫人《ふじん》エリカ

レイナの母《はは》。レイナのよき理解者《りかいしゃ》。

ミカエル

マジカル王国《おうこく》第《だい》二《に》王女《おうじょ》。ネコのラビに変身《へんしん》する。

杏奈《あんな》

山田《やまだ》バレエ団《だん》の十三歳《じゅうさんさい》のバレリーナ。

美貴《みき》

レイナのクラスメイト。元気《げんき》な女《おんな》の子《こ》

有紗《ありさ》

山田《やまだ》バレエ団《だん》の美《うつく》しいソリスト。中学三年生《ちゅうがくさんねんせい》。

パトリック

イギリスからきた十五歳《じゅうごさい》のバレエダンサー。

装丁　丸尾靖子

1. ミカエルが帰《かえ》ってきた！

ワンワンワン！　キャン、キャン、キャン！

「ちょっと、そんなにひっぱらないで！」

夕暮《ゆうぐ》れの公園《こうえん》で、レイナは四頭《とう》の犬《いぬ》たちに、ひきずられています。

ゴールデン・レトリーバーに、黒《くろ》のラブラドール・レトリーバー、ダルメシアンに、まっしろなグレート・ピレニーズ。子犬《こいぬ》とはいえ、みんな大型犬《おおがたけん》なので、四頭《とう》いっしょのおさんぽは、四年生《ねんせい》のレイナには、たいへんです。

「パパったら、どうして、急《きゅう》に大型犬《おおがたけん》なんか、あつかいはじめたのかなぁ」

ひとりごとをつぶやくと、とつぜん、足元《あしもと》から声《こえ》がしました。

「レイモンド伯爵《はくしゃく》も、いよいよ本気《ほんき》で、人間《にんげん》の世界《せかい》でビジネスをしようと決心《けっしん》したってことだな」

おそるおそる、声《こえ》が聞《き》こえた方《ほう》をみると、草《くさ》のあいだから、白《しろ》ネコがいっぴき、こちらをみあげています。

「ミカエル！」

ミカエルは、マジカル国王《こくおう》の第《だい》二王女《おうじょ》。しかも、ネコに変身《へんしん》することができます。いままでも、ネコになって、レイナをなんども助《たす》けてくれました。だから、ほんとうなら、そんなにおどろくことはありません。

でも、いまはちがいます。ミカエルは、レイナに近《ちか》づくことさえ、国王《こくおう》にきつく禁《きん》じられているはずです。

いま、マジカル王国《おうこく》では、つぎの国王《こくおう》のことで、大事件《だいじけん》がおきていました。

もともと、つぎの国王《こくおう》は、第一王女《だいいちおうじょ》のセリカさんと決《き》まっていました。けれども、王国《おうこく》には魔法《まほう》つかいのほかに、いろいろな種族《しゅぞく》の妖精《ようせい》たちも住《す》んでいます。国王《こくおう》になるには、魔法《まほう》つかいだけでなく、妖精《ようせい》たちからも、王《おう》さまにふさわしいと、認《みと》められなければなりません。

ところが、妖精《ようせい》の女王《じょおう》が、つぎの国王《こくおう》には、セリカさんではなく、レイナこそふさわしいと、いいだしたのです。

レイナは、国王《こくおう》になるつもりなどありませんが、マジカル国王《こくおう》は、耳《みみ》を貸《か》してはくれません。セリカさんがあとつぎになると、正式《せいしき》に決《き》まるまで、レイナ一家《いっか》は王国《おうこく》には出入《でい》りしてはならない、と、おふれをだしました。

そして、ミカエルにも、むかしのようにレイナといっしょに住《す》んではならない、いや、人間《にんげん》の世界《せかい》にも近《ちか》づいてはならないと、いいわたしました。

「ミカエル、だめじゃない！　あたしと話《はな》しているところを、国王《こくおう》さまに知《し》られたら、あたしたち、二度《ど》と会《あ》えなくなるんだよ！」

そこで、レイナは、はっとしました。

「ミカエル……。まさか、またなにか、おかしなことが……」

すると、白《しろ》ネコのミカエルは、前足《まえあし》で、つるりと顔《かお》をなでました。

「へいきさ。だって、あたしも、レイナみたいに追放《ついほう》されちゃったんだから」

レイナはとびあがりました。

「それって、やっぱり、妖精《ようせい》ブッカのことで……」

ミカエルは、また、前足《まえあし》で、顔《かお》をなでました。

「うん。レイナを助《たす》けにいったことが、お父《とう》さまにばれちゃって。『国王《こくおう》の命《めい》令《れい》にしたがわない者《もの》は、娘《むすめ》でも、いや、娘《むすめ》だからこそ、ぜったいにゆるすわけにはいかない！　ネコの姿《すがた》で人間《にんげん》の世《せ》界《かい》をさまようがいい！』って」
「そ、そんな！　ごめんね、ミカエル。あたしのせいで……」
「あやまるなよ。だって、人間《にんげん》の世界《せかい》のほうが、スリルがあって楽《たの》しいし、ここじゃあ、ネコの姿《すがた》の方《ほう》が、なにかとべんりだしさ。それに、また、レイナといっしょに住《す》めるしな」

「え？　ミカエル、あたしといっしょにいられるの？」

「あたりまえだろ。王国《おうこく》に帰《かえ》ってくるなといわれたんだもの。これからは、レイナの身《み》になにかあっても、堂々《どうどう》と手伝《てつだ》えるぞ」

白《しろ》ネコは、ほんとうにうれしそうに、しっぽをふっています。

レイナも同《おな》じ気持《きも》ちでした。うれしいだけではなく、とても安心《あんしん》しました。

なぜなら、妖精《ようせい》ブッカの事件《じけん》を解決《かいけつ》したとき、ブッカは、ブッカ族《ぞく》のみんなが、レイナを『正《ただ》しき魔女《まじょ》』として認《みと》め、レイナの味方《みかた》になるだろうといいながらも、最後《さいご》にこういいのこしたからです。

『きみを認《みと》めようとしない妖精族《ようせいぞく》は、まだまだたくさんいる。だから、覚悟《かくご》しろ。もっともっと大《おお》きな試練《しれん》が待《ま》っているのだ』。

つまり、これからも、いろんな妖精族《ようせいぞく》がレイナのもとへやってくるということです。レイナが国王《こくおう》にふさわしい魔法《まほう》つかいかどうか、たしかめるために。

（ミカエルがそばにいてくれたら心強《こころづよ》いよ。でも、パパはなんていうかな……）

レイモンド伯爵《はくしゃく》は、王国《おうこく》の貴族《きぞく》のだれよりも、忠誠心《ちゅうせいしん》が強《つよ》い人《ひと》です。国王《こくおう》が病気《びょうき》のときには、かたときもそばをはなれず、お世話《せわ》をしました。

レイナの一家《いっか》が、王国《おうこく》への出入《でい》り禁止《きんし》を告《つ》げられたときも、レイモンド伯爵《はくしゃく》は、こういいました。

『マジカル国王《こくおう》やセリカさまに、誤解《ごかい》をされるようなことはしないほうがいい』。

顔《かお》をくもらせるレイナに、ミカエルが、ぷるんとしっぽをふりました。

「伯爵《はくしゃく》のことなら、心配《しんぱい》するな。あたし、野良《のら》ネコのふりして、レイナの部屋《へや》に出入《でい》りするから。レイナも、知《し》らないふりしてればいいよ。ただし、キャットフードは、いいやつをたのむよ」

そのとき、ミカエルの耳《みみ》が、ぴくんと、うごきました。

「あ、だれか、来《く》る。あたしはかくれるぞ。女《おんな》の子《こ》が、ネコとしゃべってたりしたら、あやしまれるからな」

ミカエルは、そういうと、草《くさ》むらの中《なか》に姿《すがた》を消《け》しました。

それといれかえに、公園《こうえん》の奥《おく》から、ザッ、ザッと、足音《あしおと》が近《ちか》づいてきました。

ふりかえると、夕《ゆう》やみの奥《おく》から、人《ひと》のかげがふたつ、あらわれました。どうやら、公園《こうえん》にランニングをしにきた、若《わか》い男《おとこ》の人《ひと》と女《おんな》の人《ひと》のようです。

ここでランニングをする人《ひと》は、めずらしくありません。でも、レイナは思《おも》わず、目《め》をみはりました。

男《おとこ》の人《ひと》は、すらりと背《せ》が高《たか》く、顔《かお》もほそくて、すきとおるように白《しろ》い肌《はだ》をしています。みじかい黒髪《くろかみ》はつややかで、その下《した》には、まるでギリシャの彫刻《ちょうこく》のように整《ととの》った顔《かお》がありました。

（日本人《にほんじん》じゃないのかな？　それにしても、かっこいい人《ひと》！）

髪《かみ》をひっつめにした女《おんな》の人《ひと》は、日本人《にほんじん》のようでしたが、それでも大《おお》きな目《め》と長《なが》いまつげ、高《たか》い鼻《はな》は、どことなく日本人離《にほんじんばな》れした顔立《かおだ》ちです。

男《おとこ》の人《ひと》はブルーの、女《おんな》の人《ひと》はピンクのトレーニングウェアを着《き》ていますが、ふたりとも、背《せ》すじがぴんとのびています。まるで、かかとからあたまのてっぺんまで、棒《ぼう》が一本《ぽん》、入《はい》ったかのようです。

（なんて、いいスタイルなんだろ！　モデルさんかな？）

レイナがうっとりとみとれていると、いきなり犬《いぬ》たちにひっぱられました。

ワンワンワンワン！

「きゃあっ！」

女《おんな》の人《ひと》が、悲鳴《ひめい》をあげたかと思《おも》うと、ばったりと、ころんでしまいました。

「す、すみません！」

レイナはあわてて、子犬《こいぬ》たちをひっぱりました。でも、子犬《こいぬ》たち、とくに、ゴールデン・レトリーバーとダルメシアンは、すっかり興奮《こうふん》して、ほえるのをやめようとしません。

ワンワンワン！

「ちょっと、あなた！　しつけもできないのに、犬《いぬ》を飼《か》ってるの！」

へたりこんだ女《おんな》の人《ひと》に、男《おとこ》の人《ひと》はわらいながら、手《て》をさしのべています。

「おいおい、有紗《ありさ》。おおげさだぞ。みろよ、まだ子犬《こいぬ》じゃないか」

「わらわないでよ、パトリック。わたしが犬《いぬ》が苦手《にがて》なの、知《し》ってるでしょ！」

（有紗《ありさ》さんに、パトリックさんっていうんだ……）

「ほんとうにすみません。有紗《ありさ》さん、おけがはありませんか？」

レイナは、子犬《こいぬ》たちを落《お》ち着《つ》かせながら、なんども頭《あたま》をさげました。

けれども、有紗《ありさ》さんは、ぷいっとそっぽをむいたきり、離《はな》れていきます。代《か》わりに、パトリックさんがレイナに笑顔《えがお》をみせました。

「だいじょうぶ。心配《しんぱい》しないで。それにしても、かわいい犬《いぬ》たちだね」

パトリックさんは、子犬《こいぬ》たちのななめまえにしゃがみこんで、子犬《こいぬ》たちの耳《みみ》のうしろや、あごの下《した》をなでています。すると、ついさっきまで、ほえたてていた子犬《こいぬ》たちが、うそのように、おとなしくなりました。

「これ、みんな、きみのワンちゃん？」

茶色《ちゃいろ》の瞳《ひとみ》に見《み》つめられて、レイナは、どきまぎしてしまいました。

「あ、いいえ、これは、うちのお店《みせ》のワンちゃんたちで……」

「きみのうち、ペットショップなんだ。あ、もしかして、むこうの通《とお》りの？」

「は、はい。『ペットショップ・レイナ』っていいます。あの、レイナっていうのは、あたしの名前《なまえ》で……」

（やだ、あたし。なんで、自己紹介《じこしょうかい》なんかしちゃってるんだろ……）

レイナは、なんだか、顔《かお》が熱《あつ》くなってしまいました。

けれども、パトリックさんは、大《おお》きな目《め》を見《み》ひらいて、まっすぐにレイナを見《み》つめています。

「良心的《りょうしんてき》だね。ペットショップのなかには、犬《いぬ》を大《おお》きくさせないために、えさも少《すく》なめにしかあげなかったり、さんぽにも連《つ》れていかなかったりするところがあるけど、健康《けんこう》のためには、よくないんだよ」

「あ、ありがとうございます。あの、でも、有紗《ありさ》さんはだいじょうぶ……」

口《くち》をひらけばひらくほど、よけいにもごもごいってしまう自分《じぶん》が、レイナははずかしくなりました。

「平気《へいき》、平気《へいき》。ぼくたち、体《からだ》をきたえてるから。レイナちゃんこそ、気《き》をつけて。もうすっかり暗《くら》いからね。じゃあ、おさんぽ、がんばって！」

パトリックさんは、すくっとたちあがると、レイナにむかって、小《ちい》さく手《て》をふりました。そして、遠《とお》くでこちらをにらんでいる有紗《ありさ》さんをうながすと、走《はし》り去《さ》っていきました。

「はあ……」

レイナは、深々《ふかぶか》とため息《いき》をつきました。そして、息《いき》をすいこんだとき、あたりにバラの香《かお》りがただよっているのに、気《き》がつきました。

（これ、パトリックさんのにおい。バラの香水《こうすい》をつけていたんだ……）

「なにをぼうっとしてるの？」

とつぜんうしろから声《こえ》をかけられて、レイナはとびあがりました。

「おどろかさないでよ、ミカエル」

「え？　ミカエル？　ちがうよ、あたしだよ」

ふりかえると、うしろに女《おんな》の子《こ》が立《た》っていました。

ショートカットに、元気《げんき》のあふれる大《おお》きな目《め》。

「美貴《みき》ちゃん！」

「なにをおどろいてるの？」

ふしぎそうな表情《ひょうじょう》の美貴《みき》は、すぐにレイナの顔《かお》が赤《あか》いのに気《き》がつきました。

そして、その向《む》こうを、さっそうと走《はし》りさっていく男《おとこ》の人《ひと》の姿《すがた》を見《み》ると、急《きゅう》に、

にやにやしはじめました。

「レイナちゃん、胸《むね》きゅん、ってやつ？」

「そ、そんなことないよ」

「かくしたってだめ。っていうか、どきどきしないほうがおかしいよ。パトリックさんを見《み》た女《おんな》の子《こ》は、たいてい、そうなんだから」

やけに自信《じしん》たっぷりの美貴《みき》に、レイナは目《め》をまるくしました。

「パトリックさんって、美貴《みき》ちゃん、知《し》ってるの？」

すると、美貴《みき》は、自慢《じまん》そうに、うなずきました。

「うん！　合唱団《がっしょうだん》でね」

最近《さいきん》、美貴《みき》は、地元《じもと》の少年少女合唱団《しょうねんしょうじょがっしょうだん》に入《はい》りました。

『ユーカリが丘少年少女合唱団《おかしょうねんしょうじょがっしょうだん》』といって、街《まち》の三つの小学校《しょうがっこう》の、四年生以上《ねんせいいじょう》が入《はい》れます。レイナの聞《き》いた話《はなし》では、三年前《ねんまえ》、新《あたら》しい先生《せんせい》が指導者《しどうしゃ》になってから、めきめき上達《じょうたつ》して、去年《きょねん》は、全国大会《ぜんこくたいかい》に出場《しゅつじょう》するまでになったそうです。

美貴《みき》も、そのうわさを聞《き》いて、急《きゅう》に入《はい》りたくなったと、いっていました。

でも合唱団《がっしょうだん》と、パトリックさんと、どうつながるのでしょう?

「実《じつ》は、うちの合唱団《がっしょうだん》が、山田《やまだ》バレエ団《だん》の公演《こうえん》で、歌《うた》うことになったの」

そのバレエ公演《こうえん》は、『くるみわり人形《にんぎょう》』というものだそうです。

「そのなかに、『雪《ゆき》の精《せい》の踊《おど》り』っていうのがあるんだけど、そこはオーケストラと児童合唱《じどうがっしょう》が聞《き》かせどころでね」

でも、最近《さいきん》は、児童合唱団《じどうがっしょうだん》が少《すく》ないことを理由《りゆう》に、合唱《がっしょう》をはぶいて、オーケストラだけですませる公演《こうえん》がふえているそうです。

「ところが、山田《やまだ》バレエ団《だん》にいる女《おんな》の子《こ》と、合唱団《がっしょうだん》の先生《せんせい》が親《しん》せきだって、わかってね。実力《じつりょく》のある児童合唱団《じどうがっしょうだん》に、ぜひ出演《しゅつえん》してほしいって話《はなし》がきたわけ」

美貴《みき》は、〈実力《じつりょく》のある〉ってところを、強調《きょうちょう》しました。

「それはわかったけど、でも、パトリックさんとは、いったい……」

「パトリックさんは、山田《やまだ》バレエ団《だん》の、バレエダンサーなんだよ！」

レイナは、目《め》をまるくしました。

「へえ！　そういわれてみれば、ずいぶんとスタイルがよかったものね……」

「でしょう？　このあいだ、バレエスタジオへ歌《うた》いにいったんだけど、合唱団《がっしょうだん》のみんなも、パトリックさんを見《み》て、くらくらって、なっちゃって。まだ中学《ちゅうがく》生《せい》なのに、すごく大人《おとな》っぽいし、かっこいいし！」

「中学生《ちゅうがくせい》？　あの人《ひと》が？」

「そうだよ。イギリスの中学校《ちゅうがっこう》から留学《りゅうがく》してきたばかりの、十五歳《さい》」

レイナは、てっきり二十歳《さい》はこえていると、思《おも》っていました。

「山田《やまだ》バレエ団《だん》が海外公演《かいがいこうえん》したとき、地元《じもと》のダンサーとして参加《さんか》したんだけど、あまりの上手《じょうず》さに、山田先生《やまだせんせい》が、ぜひ日本《にほん》にって。つまり、山田《やまだ》バレエ団《だん》の期待《きたい》の星《ほし》ってわけ。レイナちゃん、パトリックさんの踊《おど》り、見《み》たいでしょう？」

美貴《みき》にいわれて、レイナは思《おも》わず、うなずいていました。

パトリックさんのことだけではありません。レイナは、そもそも、バレエを見《み》たことがありませんでした。

国王《こくおう》の住《す》むお城《しろ》では、舞踏会《ぶとうかい》がひらかれると聞《き》いたことがありますが、レイナはお城《しろ》からはなれた、深《ふか》い森《もり》のなかに住《す》んでいたので、話《はなし》に聞《き》くだけで、実《じっ》際《さい》に見《み》たこともありません。

「じゃあ、あした、いっしょにいこうよ！」

「え？　あした？」

「あした、『くるみわり人形《にんぎょう》』の役《やく》を決《き》めるオーディションがあって、あたしたちも雪《ゆき》の精《せい》のシーンの練習《れんしゅう》をかねて、歌《うた》うことになってるの。みんな、役《やく》をとろうと真剣《しんけん》だから、本番顔負《ほんばんかおま》けの、真剣《しんけん》な踊《おど》りが見《み》られるらしいよ」

話《はなし》を聞《き》いているうち、レイナの頭《あたま》のなかには、生《い》き生《い》きと舞台《ぶたい》を動《うご》きまわる、すらりとしたパトリックさんの姿《すがた》が、広《ひろ》がっていきました。

「うん、連《つ》れてって！」

2. 妖精《ようせい》パック、あらわる

「宿題《しゅくだい》してくるね！」

夕《ゆう》ご飯《はん》のあと、レイナは自分《じぶん》の部屋《へや》にもどりました。ドアをあけて、明《あ》かりをつけて……。

「よっ」

なんと、ベッドの上《うえ》で、白《しろ》いネコがおすわりをしています。

「ミカエル！　どこから入《はい》ったの？」

「店《みせ》の裏口《うらぐち》からだよ。レイナたち、楽《たの》しそうにご飯《はん》を食《た》べてたな。あたし、堂々《どうどう》とろうかを通《とお》ったってのに、ちっとも気《き》づかなかっただろ」

なんと、大胆《だいたん》なことをするのでしょう。もし、レイモンド伯爵《はくしゃく》に見《み》つかったら、どうするつもりだったのでしょう。

「お店《みせ》のワンちゃんたちも、よくさわがなかったね」

「あいつらは、あたしのことをよく知《し》ってるもの。でも、こんどから、窓《まど》を少《すこ》しあけておいてくれ。そこから、出入《でい》りするから」

すまし顔《がお》でいうと、ミカエルは、体《からだ》をのばしました。

「レイナ、おなかすいたよ。なにか、食《く》わせてくれ」

「わかった。ちょっと待《ま》ってて」

さっそく、レイナは、足《あし》をしのばせて、階段《かいだん》をおりていきました。

リビングでは、パパとママ、そして、ほんとうは伯爵家《はくしゃくけ》の執事《しつじ》で、いまは

『ペットショップ・レイナ』の店員《てんいん》になっている、チェンバレンとチアーズが、テレビをみています。

「おや、どうしたの、レイナ？」

ママのエリカ夫人《ふじん》が、けげんそうにレイナを見《み》つめました。

「あのね、美貴《みき》ちゃんが捨《す》てネコを飼《か》いはじめたらしいの。だから、ネコのかんづめ、ひとつ、あげてもいいかな？」

すると、パパのレイモンド伯爵《はくしゃく》が、にっこりしました。

「もちろん。ひとつといわず、三つでも四つでもあげなさい」

「それなら、レジのうしろに、新製品《しんせいひん》のサンプルがございますよ」

チェンバレンが、口《くち》をはさみました。

「『プリンセス・キャット』という高級品《こうきゅうひん》だそうで。わたしも食《た》べたくなるくらい、おいしそうですぞ」

みんなはどっとわらいましたが、レイナはだまって、レジにむかいました。そして、金色《きんいろ》のかんづめをふたつとると、まっすぐに部屋《へや》にもどりました。

「おおっ、それはうまそうだな」

ミカエルが目《め》をかがやかせながら、身《み》をのりだしてきました。

（ネコのプリンセス・ミカエルが、『プリンセス・キャット』を食《た》べてる……）

まえかがみになって、かんづめに顔《かお》をつっこんでいる白《しろ》ネコを見《み》ているうち、レイナは、急《きゅう》にこまったなと思《おも》いはじめました。

（いつまでうそをつづけられるかな。ずっとうそをつくのも、いやだし……）

「なあ、レイナ」

よほど、お腹《なか》が空《す》いていたのか、ミカエルは、もう食《た》べ終《お》わってしまったようです。ミカエルは、舌《した》なめずりをしながら、いいました。

「公園《こうえん》であった、あの外国人《がいこくじん》のこと、レイナ、かっこいいと思《おも》ってるんだろ」

「え？」

「またまたぁ！　とぼけるなって。あたし、見《み》てたんだぞ。レイナが、ほっぺたを赤《あか》くして、じっとうしろ姿《すがた》を見《み》つめてたの。ひとめぼれってやつか？」

「ミカエルまで、美貴《みき》ちゃんみたいなこといわないでよ！　たしかに、かっこいい人《ひと》だなぁとは思《おも》ったけど、ひとめぼれとか、そんな……」

顔《かお》を真《ま》っ赤《か》にしていいかえすレイナを、ミカエルはわらいました。

「わかった、わかった。でもさ、あいつの名前《なまえ》とか、どんなやつかとか、知《し》りたいことがあったら、いってくれよ。ネコのあたしには、それくらい、かんたんに調《しら》べがつくからな」

「知《し》りたいことなんて、ないよ。美貴《みき》ちゃんが、いろいろ話《はな》してくれたし」

レイナは、名前《なまえ》はパトリックで、バレーダンサーであること、明日《あした》、となり街《まち》のバレエ団《だん》で、『くるみわり人形《にんぎょう》』というバレエ公演《こうえん》のオーディションがあること、それにパトリックさんも出《で》ることなどを話《はな》しました。

それを聞《き》いて、ミカエルが、ひげをぴんとたてました。

「じゃあ、あたしもそのオーディション、見《み》にいこうかな。レイナが、パトリックさんに、くぎづけになってるところ、見《み》たいもんな」

「もう、ミカエルったら！　まだ、そんなこといってるの！」

レイナが、思《おも》わず大《おお》きな声《こえ》を出《だ》したときです。

「そんなにかっこいいなら、ひとはだ、ぬいであげましょうか！」

窓《まど》の方《ほう》から、かわいい声《こえ》がしました。

「だ、だれ?」

レイナがぎょっとしてふりかえると、窓辺《まどべ》においた、犬《いぬ》のぬいぐるみのうしろから、小《ちい》さな男《おとこ》の子《こ》が、ぴょんと、とびだしてきました。

「はじめまして!」

小《ちい》さな男《おとこ》の子《こ》というより、小人《こびと》といったほうがいいかもしれません。なにしろ、身長《しんちょう》は三十センチあるかないか。顔《かお》はまるく、ぺったりとした髪《かみ》は緑色《みどりいろ》、体《からだ》にぴったりとくっついたシャツもズボンも、くつまで緑色《みどりいろ》です。

「ここが、レイナちゃんのお部屋《へや》かぁ。この犬《いぬ》のぬいぐるみは、わるい妖精《ようせい》を近《ちか》づけないための、『妖精丘《ようせいきゅう》の猟犬《りょうけん》』ですね……。」

男《おとこ》の子《こ》は、まんまるの目《め》を、きょときょとさせて、みまわしています。

「あ、かべには、妖精除《ようせいよ》けの四《よ》つ葉《ば》のクローバーがあるぞ。窓《まど》の上《うえ》にも、妖精《ようせい》除《よ》けのナナカマドでつくった『アンドレア十字《じゅうじ》』が！　うーん、これなら、未《み》来《らい》の女王《じょおう》も、安心《あんしん》だなぁ」

男《おとこ》の子《こ》は、ひとりで、しゃべっています。が、とつぜんミカエルのほうをふりかえると、ほほえみました。

「ミカエルさまも、こんにちは！　あ、ご安心《あんしん》を。ミカエルさまが、ここにいること、マジカル国王《こくおう》さまに、いいつけたりしませんから！」

「お、おまえはいったい……」

さすがのミカエルも、調子《ちょうし》がくるったのか、目《め》をぱちぱちさせています。

「ああ、これは失礼《しつれい》しました。ぼく、妖精《ようせい》のパックです！」

「妖精《ようせい》？　でも、妖精除《ようせいよ》けがあるのに、どうして入《はい》ってこられたの？」

すると、パックは、大《おお》きな口《くち》をあけて、からからっとわらいました。

「だって、ぼくは、宮廷妖精《きゅうていようせい》ですから」

「宮廷妖精《きゅうていようせい》？」

「妖精《ようせい》の女王《じょおう》のおそばにつかえる、妖《よう》精《せい》ですよ。かつて、レイナさまのお父《とう》さまのレイモンド伯爵《はくしゃく》が、マジカル国《こく》王《おう》さまにおつかえしていたように」

そういうと、パックは、すとんと、レイナのベッドの上《うえ》にとびおりました。

「つまり、ぼくは、いい妖精《ようせい》！　妖精《ようせい》除《よ》けは、ききません！」

（ずいぶん、明《あか》るい妖精《ようせい》だなぁ）

レイナは、さっきまであやしんでいたこともわすれて、くすっとわらってしまいました。すると、白《しろ》ネコのミカエルが、レイナにささやきました。

「気《き》をゆるすなよ、レイナ。口《くち》ではなんとでもいえるぞ。だいたい、宮廷妖精《きゅうていようせい》が、妖精《ようせい》の女王《じょおう》のそばをはなれて、こんなところにくるなんて、おかしいぞ」

そのとたん、ぴんととがった耳《みみ》が、ぴくんとうごきました。

「ミカエルさまが、おうたがいになるのは、無理《むり》もありません。ぼくも、ここまで、来《く》るつもりはありませんでした。妖精《ようせい》の女王《じょおう》さまには、レイナさまのようすを見《み》てくるように、いわれただけですから」

「あたしのようすを見《み》てくる？　どうして？」

「レイナさまが、マジカル王国《おうこく》の女王《じょおう》になるために、やらなければならないこと。それが、できているかどうか、ご心配《しんぱい》なさっているのです」

たしかに、レイナがまえに妖精《ようせい》の女王《じょおう》からうけとった手紙《てがみ》には、こう書《か》いてありました。

そして、レイナさまは、王国《おうこく》の魔法《まほう》つかいや、妖精《ようせい》たちに、人間《にんげん》はいいものであることを教《おし》えてください。人間《にんげん》たちに、魔法《まほう》つかいや妖精《ようせい》が、おそろしいもの、じゃま者《もの》でないことを、教《おし》えてください。

レイナは、マジカル王国《おうこく》の女王《じょおう》になりたいとは思《おも》っていませんが、妖精《ようせい》の女《じょ》王《おう》にいわれたとおりにするつもりでした。

人間《にんげん》が魔法《まほう》をおそれず、また、王国《おうこく》の人《ひと》たちが魔法《まほう》にたよらず、人間《にんげん》のような「がんばる心《こころ》」を持《も》つ――それこそ、レイナがいちばんのぞむこと。そして、そのために、わざわざ人間《にんげん》の世界《せかい》にやってきたのですから。

「ぼくも、なにかお手伝《てつだ》いできないかと思《おも》って、やってきたんです」

「大《おお》きなお世話《せわ》だよ。レイナには、あたしがついてるんだから！」

針《はり》のような牙《きば》をむくミカエルに、パックはおおげさに両手《りょうて》をあげました。

「ええ、ええ、わかっています。ですから、さっさと帰《かえ》ろうと思《おも》ったのですが、ちょっと小耳《こみみ》にはさんでしまったもので、つい……」

「小耳《こみみ》にはさむって、なにを？」

すると、パックの顔《かお》に、花《はな》が咲《さ》いたような笑《え》みがうかびました。

「恋《こい》バナですよっ。」

「はあ？」

レイナとミカエルは、おもわず顔《かお》を見合《みあ》わせました。でも、パックは、そんなことはおかまいなし。

「恋《こい》の話《はなし》をきくと、だまっていられなくなっちゃうんです。なにしろ、妖精《ようせい》の間《あいだ》では、パックといえば恋《こい》の薬《くすり》、といわれるぐらいですから」

ひとりでまくしてると、パックは、いきなり、すっと、手《て》をあげました。そして、ぱちんと指《ゆび》をならしたつぎの瞬間《しゅんかん》、ひらいた手《て》のひらに、銀色《ぎんいろ》にかがやく、小《ちい》さな丸《まる》い入《い》れ物《もの》がのっていました。

「これは、わが一族《ぞく》につたわる、『恋《こい》の薬《くすり》』です」

パックが、うれしそうに声《こえ》をはずませながら、ぱかっと、ふたをあけました。なかには、うすピンク色《いろ》の粉《こな》がつまっています。

「ゼラニウムと、カスミソウ、そして、ワスレナグサの花《はな》の汁《しる》をしぼり、乾燥《かんそう》させて、粉《こな》にしたものです。これを好《す》きな相手《あいて》にかけると、たちまち、相手《あいて》も、こちらを好《す》きになってくれるのです。」

それから、パックは、あっけにとられるレイナとミカエルにむかって、それぞれの花言葉《はなことば》を、熱心《ねっしん》に語《かた》りつづけました。

ゼラニウムは『愛情《あいじょう》』、ピンクのカスミソウは『切《せつ》なる願《ねが》い』、そして、ワスレナグサは『真実《しんじつ》の愛《あい》』……。

「あ、あの、パックさん、いったいなんの話《はなし》だか、ぜんぜん……」

「レイナさまは、パトリックという男《おとこ》の子《こ》が、すっかりお気《き》に入《い》りになられたのでしょう?　だったら、このパックにおかませください!」

「おまかせって、なにを?」

「おふたりの仲《なか》をとりもたせていただくんですよ!」

レイナは、とびあがるほど、びっくりしました。

（ふたりの仲《なか》をとりもつって、つまり、あたしとパトリックさんが、恋《こい》に落《お》ちるってこと？　そ、そんな……）

「ねえ、パックさん。そんなこと、しないでいいんだけど……」

ところが、パックには、レイナの言葉《ことば》など、ぜんぜん耳《みみ》に入《はい》らないようです。

『恋《こい》の薬《くすり》』とやらに、そそくさと、ふたをすると、窓《まど》わくにとびのりました。

「これから、そのパトリック少年《しょうねん》に、この薬《くすり》をかけてきます。パトリック少年《しょうねん》は、明日《あした》の朝《あさ》も、あの公園《こうえん》でランニングをするはずですから、レイナさまは、あした早起《はやお》きをして、彼《かれ》のまえに立《た》ってください。そして、じっと目《め》をみつめるのです。こうして……」

パックは、じいっと、レイナの目《め》を見《み》つめてきました。

「これだけで、パトリック少年《しょうねん》は、レイナさまを大好《だいす》きになります」

「はあ？」

「まだ、おうたがいのようですね。でも、ほんとなんです。『恋《こい》の薬《くすり》』をかけられた者《もの》は、つぎの朝《あさ》、最初《さいしょ》に見《み》つめ合《あ》った人《ひと》と恋《こい》に落《お》ちるんです。これは、妖精《ようせい》の間《あいだ》では、有名《ゆうめい》な話《はなし》で……」

「ちょっとまて！」

いきなり、ミカエルが、さけびました。

「おまえ、宮廷《きゅうてい》妖精《ようせい》のくせに、だいじなことをわすれてないか」

「だいじなこと？」

「レイナは、マジカル少女《しょうじょ》だけど、人間《にんげん》と同《おな》じようにがんばろうとしているんだ。魔法《まほう》だの、妖精《ようせい》の薬《くすり》だの、そんなものにはたよらないのさ。勉強《べんきょう》も、ふだんのくらしもな。たとえ、恋《こい》をしたって、おなじさ」

（たしかに、そうだよ。恋《こい》はまだしてないけど……。）

「だからこそ、妖精《ようせい》の女王《じょおう》は、レイナをつぎの女王《じょおう》にと認《みと》めたんだろ。あたしも同《おな》じさ。だから、国王《こくおう》やおねえちゃんにかくれて、レイナをおうえんしてるんだ。それをなんだ？　『恋《こい》の薬《くすり》』で仲《なか》をとりもつだと？　冗談《じょうだん》じゃないぞ！」

「あ、いや、そ、それはそうですが、しかし……」

「うるさいっ。とっとと帰《かえ》れ！　帰《かえ》って、妖精《ようせい》の女王《じょおう》さまに報告《ほうこく》しろ。レイナは、人間界《にんげんかい》でがんばっている。心配《しんぱい》は無用《むよう》です、とな！」

カァーッと、するどい声《こえ》をあげて、ミカエルが牙《きば》をむくと、パックのあどけない顔《かお》が、ひきつりました。

「わわわっ。わかりました！　帰《かえ》ります！　帰《かえ》りますが、レイナさま、明日《あした》の朝《あさ》ですよ。公園《こうえん》でパトリック少年《しょうねん》のまえに……」

「帰《かえ》れといってるだろっ！」

「ひゃあ〜」

パックは、まっさおな顔《かお》で、『妖精丘《ようせいきゅう》の猟犬《りょうけん》』のぬいぐるみのうしろに、と
びこむと、あっというまに姿《すがた》を消《け》してしまいました。

「まったく、いいかげんなやつだ！」

ミカエルは、まだ興奮《こうふん》しているのか、背中《せなか》の毛《け》を逆立《さかだ》てています。

「ミカエル、ありがとう。」

「え？　ああ、このぐらいなんでもないよ。礼《れい》なんかいらないぞ」

鼻《はな》をならすミカエルに、レイナは、首《くび》をふりました。

「ううん、ちがうの。ミカエルがいってくれたこと」

ミカエルはこういいました。

『レイナは、マジカル少女《しょうじょ》だけど、人間《にんげん》と同《おな》じようにがんばろうとしているんだ。魔法《まほう》だの、妖精《ようせい》の薬《くすり》だの、そんなものにはたよらないのさ』。

『だから、国王《こくおう》やおねえちゃんにかくれて、レイナをおうえんしてるんだ』。

「え？　ああ、まあ、そんなこともいったかな……」

ミカエルは、うしろあしで、耳《みみ》のうしろを、かいています。

（ミカエルったら、照《て》れちゃって……）

ミカエルは強気《つよき》な女《おんな》の子《こ》ですが、ほんとうは、とてもはずかしがり屋《や》です。

でも、レイナは、くすくすわらいながら、ミカエルをたのもしそうに見《み》つめました。

3. 真剣勝負《しんけんしょうぶ》の世界《せかい》

電車《でんしゃ》でひと駅《えき》。駅《えき》まえの商店街《しょうてんがい》をぬけてすぐのところに、白《しろ》い二階建《かいだ》ての建物《たてもの》がありました。

「ほら、ここだよ！」

美貴《みき》が、〈山田《やまだ》バレエ団《だん》〉と書《か》かれたガラスのドアを指《ゆび》さしました。そのすぐ横《よこ》には、立《た》て看板《かんばん》がたっています。

『くるみわり人形《にんぎょう》・オーディション会場《かいじょう》』

「すごい！　りっぱな建物《たてもの》！」

レイナのクラスにも、バレエを習《なら》っている子《こ》が何人《なんにん》もいることは、知《し》っていました。が、こんな大《おお》きなバレエ団《だん》だとは、思《おも》いもよりませんでした。

「さあ、みんないそいで！」

黒《くろ》いパンツスーツの中年《ちゅうねん》の女《おんな》の人《ひと》が、こちらをふりかえりました。するどい声《こえ》に、十数人《すうにん》の小学生《しょうがくせい》たちが、ぞろぞろとドアの中《なか》へ入《はい》っていきます。『ユーカリが丘少年少女合唱団《おかしょうねんしょうじょがっしょうだん》』の先生《せんせい》と、団員《だんいん》たちです。

今日《きょう》のレイナは、合唱団《がっしょうだん》に入《はい》ろうか迷《まよ》っている女《おんな》の子《こ》、ということになっています。美貴《みき》が気《き》をきかせて、「どんな活動《かつどう》をしているか、見学《けんがく》したいそうです」と、いってくれたのでした。

美貴《みき》にくっついて、なかに入《はい》ると、階段《かいだん》の上《うえ》から、ピアノの音《おと》が聞《き》こえてきます。二階《かい》では、オーディションが、始《はじ》まっているようです。でも、レイナは、一階《かい》のひらいたドアのむこうにくぎづけになりました。

そこは、学校《がっこう》の教室《きょうしつ》ほどの広《ひろ》い部屋《へや》になっていました。通《とお》りに面《めん》した窓《まど》には、ブラインドがおりていて、それ以外《いがい》の三つの壁《かべ》は、すべて鏡《かがみ》になっています。

そこに、若《わか》い女《おんな》の人《ひと》が何人《なんにん》もいました。

「あそこは、オーディションに出《で》る人《ひと》のための、練習《れんしゅう》スタジオね」

レイナのうしろから、美貴《みき》がささやきました。

「みんな、ここでウォーミングアップをしてるんだよ」

「ウォーミングアップ?」

「バレエって、見《み》てる方《ほう》は『きれい!』って思《おも》うだけだけど、実《じつ》は、ものすごい運動量《うんどうりょう》なんだよ。だから、スポーツ選手《せんしゅ》と同《おな》じように、全身《ぜんしん》の筋肉《きんにく》をほぐしたりする必要《ひつよう》があるんだよ」

そういわれてみると、バレエダンサーたちが着《き》ているのは、黒《くろ》、赤《あか》、ピンク、

白《しろ》と色《いろ》とりどりですが、どれもスポーツウェアです。

「あのピンクの人《ひと》、足首《あしくび》をのばしてるでしょ。ストレッチっていうんだよ」

黒《くろ》のレオタードにピンクのアンダーウェアをはいた女《おんな》の人《ひと》が、床《ゆか》の上《うえ》にすわって、足《あし》をなげだしています。おどろいたことに、かかとは床《ゆか》からうきあがっているのに、つま先《さき》は、床《ゆか》にくっつきそうなほど、ぴんとのびていました。

「すごい！　あんなことできないよね、ふつう！」

びっくりするレイナに、美《み》貴《き》はくすっとわらいました。

「見《み》とれちゃうでしょ。あたしは、みんなといっしょに上《うえ》

にいかなくちゃならないけど、レイナちゃんは見学者《けんがくしゃ》だから、しばらくここで見《み》てれば？」

そういうと、美貴《みき》は、階段《かいだん》をのぼっていきました。

ひとりになったレイナは、ドアに近《ちか》づいていきました。

（これが、バレエのスタジオかぁ。それにしても、みんな、こわい顔《かお》……）

中学生《ちゅうがくせい》か高校生《こうこうせい》ぐらいでし

ょうか、どの人《ひと》も、アップにした髪《かみ》を、きゅっとつめて、ひきしまった表情《ひょうじょう》です。床《ゆか》の上《うえ》で手《て》をあげたり、足《あし》をまげたりしている人《ひと》もいれば、手《て》すりに片手《かたて》をおいて、体《からだ》をそらせている人《ひと》もいます。

（うわあ、足《あし》の先《さき》が、正反対《せいはんたい》をむいてるよ。よくあんなこと、できるなぁ）

「あれは、第《だい》一ポジションっていうんだ」

とつぜん、うしろから、男《おとこ》の人《ひと》の声《こえ》がしました。

ふりかえると、はるか上《うえ》の方《ほう》に、つやつやの黒髪《くろかみ》と、ほそくて白《しろ》い顔《かお》がありました。そのなかで、茶色《ちゃいろ》の瞳《ひとみ》が、レイナをじっと見下《みお》ろしています。

「パトリックさん！」

もしかして、あのパックとかいう妖精《ようせい》の薬《くすり》が効《き》いてるのかも。そう思《おも》うと、よけいにどきどきしてきます。

（でも、あたし、けさは公園《こうえん》にいかなかったもの。そんなはずないよね）

「どうしたの？」

だまりこんだレイナを、パトリックは、ふしぎそうに見《み》つめています。

「す、すいません。第《だい》一ってことは、いくつまであるのかなぁって……」

あわてるレイナに、パトリックは、こくりとうなずきました。

「バレエの足《あし》の置《お》き方《かた》は、六種類《しゅるい》あるよ。もっとも、第《だい》六ポジションは、ふつうに足《あし》をそろえて立《た》つだけだから、実際《じっさい》には第《だい》一から第《だい》五ポジションまで。なかでも、よくつかうのが、第《だい》一、第《だい》二、第《だい》四、第《だい》五で……」

パトリックは、レイナのすぐうしろに立《た》って、説明《せつめい》をしてくれました。今日《きょう》も、バラの香水《こうすい》をつけているのでしょうか、レイナはたちまち、花《はな》の香《かお》りにつつまれました。

「手《て》すりのそばで練習《れんしゅう》している子《こ》がいるでしょ。あれがバーレッスン。基本《きほん》の姿勢《しせい》や動《うご》きを確認《かくにん》したり、ウォーミングアップのために、よくつかわれるんだ」

パトリックが指《ゆび》さした女《おんな》の子《こ》は、左手《ひだりて》をバーにおき、右《みぎ》うではひじをはって、手《て》をおなかのあたりにおいています。

「手《て》をおなかのあたりにおくのが、『アン・ナバン』。いま、右手《みぎて》をひらいたね。そして、ひざをぐっとまげて腰《こし》をおとした。あれが『ドゥミ・プリエ』。『プリエ』は、ひざをまげるってこと。で、またひざをのばすと、ほら、右手《みぎて》がもものところに。あれが『アン・バー』」

パトリックは、女《おんな》の子《こ》が動《うご》くたび、かかとをはなした第《だい》二ポジションになったとか、下《した》までしゃがみこんだ『グラン・プリエ』だとか、教《おし》えてくれます。

レイナには、ちんぷんかんぷんでしたが、そのやさしい声《こえ》と、いい香《かお》りに、うっとりとしてしまいました。

「ごめん、ごめん。いきなりバレエ用語《ようご》ばかりつかっちゃって。ほとんどがフランス語《ご》だから、はじめての人《ひと》には、わけがわからないよね」

「いいえ、ちょっとでも教《おし》えてもらえると、見《み》る目《め》が変《か》わるっていうか……」

パトリックは、安心《あんしん》したように、やさしそうな笑《え》みをうかべました。

「そう？　じゃ、あと少《すこ》しだけ。まんなかでレッスンをはじめた子《こ》を見《み》て。バーをもたずに、フロアでのレッスンをセンターレッスンっていうんだよ」

パトリックの指《ゆび》の先《さき》で、白《しろ》いトレーニング・ウェアの女《おんな》の子《こ》が、踊《おど》りはじめました。音楽《おんがく》がかかっているわけでもないのに、うでも足《あし》も、流《なが》れるように、なめらかに動《うご》いています。

（すごい上手《じょうず》！　まるで、小川《おがわ》の澄《す》んだ水《みず》が流《なが》れるみたい！）

やがて、女《おんな》の子《こ》は、両足《りょうあし》をそろえたかと思《おも》うと、つま先《さき》だけで立《た》ちました。

「あれがポアント。バレエっていうと、一般《いっぱん》の人《ひと》がいちばんイメージするのが、ポアントみたいだね」

「でも、よくあんなこと、できますね」

「トゥシューズっていう、バレエ専用《せんよう》のくつをはいてるからね。それでも、かなり練習《れんしゅう》しないときれいなポアントはできない。あの子《こ》は、そうとう練習《れんしゅう》を積《つ》んでるな。まあ、オーディションに来《く》るぐらいだから、あたりまえだけど」

そういうと、パトリックの視線《しせん》が、横《よこ》に動《うご》きました。

「でも、ここにいるなかでは、杏奈《あんな》が最高《さいこう》だよ」

その先《さき》に、黒《くろ》いレオタードの女《おんな》の子《こ》がいました。レイナよりちょっと背《せ》が高《たか》い女《おんな》の子《こ》です。

卵形《たまごがた》の小《ちい》さな顔《かお》。まえをまっすぐに見《み》すえた瞳《ひとみ》。すきとおるように白《しろ》い肌《はだ》。ほそいうでと足《あし》。かんぺきな八頭身《はっとうしん》のその姿《すがた》は、まるで陶器《とうき》の人形《にんぎょう》が踊《おど》っているようです。

（なんてきれいな子《こ》なんだろう）

でも、レイナがいちばんびっくりしたのは、その足《あし》の位置《いち》です。右足《みぎあし》と左足《ひだりあし》のつまさきが、完全《かんぜん》に反対《はんたい》がわをむき、それが前後《ぜんご》にそろっています。しかもその両足《りょうあし》は、ぴったりとくっついています。

「あれが、第《だい》五ポジション。レイナちゃん、できる？」

うながされるままに、レイナはまねをしてみました。

「い、いたいっ！」

まだ、ちゅうとはんぱにしかひらいていないのに、足《あし》を前後《ぜんご》にそろえようと

した だけで、ひざと足《あし》のつけねに、激痛《げきつう》が走《はし》りました。

「アハハハ。無理《むり》しないで。できなくてとうぜんだよ。みんな、何年《なんねん》もかけて、練習《れんしゅう》を積《つ》んで、はじめてきれいなポジションがとれるんだから」

(きれいなポジションだけで、何年《なんねん》も練習《れんしゅう》を？　すごいなぁ、人間《にんげん》って)

バレエの魔法《まほう》があるかどうかはわかりませんが、魔法《まほう》つかいなら、こんなに大変《たいへん》なことは、きっと魔法《まほう》でなんとかしてしまうでしょう。苦労《くろう》しそうなことは、なんでも魔法《まほう》で解決《かいけつ》するのが、魔法《まほう》つかいだからです。

感心《かんしん》しているレイナの目《め》のまえで、杏奈《あんな》は、いきなりジャンプをしました。そして、着地《ちゃくち》したときには、重《かさ》ね合《あ》わせた両方《りょうほう》のつま先《さき》で、立《た》ちました。

「あれは、シュス・スーっていう基本《きほん》。五番《ばん》から跳《と》んで、ポアント、またはドゥミ・ポアントで立《た》つんだ」

杏奈《あんな》は、またジャンプをしました。けれども、こんどは、さっきとちがって、最初《さいしょ》のポジションとは、足《あし》を入《い》れかえて、着地《ちゃくち》しました。

「シャンジュマン・ピエ。五番《ばん》から跳《と》んで、うしろの足《あし》をまえにした五番《ばん》でおりる。これも基本《きほん》だよ」

レイナは信《しん》じられませんでした。杏《あん》奈《な》という女《おんな》の子《こ》は、レイナとそれほど年《とし》がちがうとは思《おも》えません。小《しょう》六か、せいぜい中《ちゅう》一ぐらいでしょう。

「あんなに踊《おど》れるなんて、すごいなぁ」

「杏奈《あんな》は特別《とくべつ》さ。才能《さいのう》があるうえに練習熱心《れんしゅうねっしん》なんだ。杏奈《あんな》の踊《おど》り、大好《だいす》きだな」

パトリックの声《こえ》が、変《か》わったのに、レイナは気《き》づきました。思《おも》わず、パトリックをふりかえると、目《め》つきまでちがっています。

やがて、杏奈《あんな》が、片足《かたあし》だけで、くるり、くるりと回転《かいてん》をはじめました。

「なんて優雅《ゆうが》なピルエット！　ほんとうにすばらしいバレエは、どんな人《ひと》の心《こころ》もとらえる。バレエを知《し》らない人《ひと》、バレエに魅力《みりょく》を感《かん》じない人《ひと》でも、おもわずふりかえらせてしまう力《ちから》があるんだ。それこそが、バレエの魔力《まりょく》さ」

うっとりとしたようなパトリックの声《こえ》に、レイナは、なぜだか、心《こころ》がちくりとした痛《いた》みを感《かん》じました。まるで、胸《むね》の奥《おく》を針《はり》でさされたようです。

（な、なんだろう、これ）

レイナは、あわてて胸《むね》をおさえました。でも、パトリックは、そんなレイナには目《め》もくれません。

パトリックの茶色《ちゃいろ》い瞳《ひとみ》は、両手《りょうて》をたかだかとかかげ、右足《みぎあし》をあげた杏奈《あんな》にくぎづけになっています。

「そう、しっかり右足《みぎあし》をあげて……」

杏奈《あんな》が、左足《ひだりあし》で軽《かろ》やかにジャンプをし、そのポーズのまま、音《おと》もなく、ふわりとフロアにおりたちました。

「ああ、美《うつく》しいタン・ルベだ！」

パトリックが、うめくように、声《こえ》をもらしたときです。ピンクのトレーニングウェアを身《み》につけた女《おんな》の人《ひと》が、スタジオの入《い》り口《ぐち》にあらわれました。

（あの人《ひと》、有紗《ありさ》さん？）

長《なが》いまつげに、つんととがった高《たか》い鼻《はな》、そして、ふんわりとしたウェアを来《き》ていても、固《かた》くひきしまっているのが、はっきりわかるほそい体《からだ》。まちがいなく、きのうの夕方《ゆうがた》、公園《こうえん》で会《あ》った有紗《ありさ》です。

有紗《ありさ》は、きのうと同《おな》じように、背中《せなか》に棒《ぼう》が入《はい》ったかのような、まっすぐな姿《し》勢《せい》で、スタジオに入《はい》ってきました。

(でも、なんだか、ようすが変《へん》。おこってるみたい……)

有紗《ありさ》は、フロアレッスンをしている人《ひと》たちがいるのもかまわず、大《おお》またで、広《ひろ》いフロアを横切《よこぎ》っていきます。ぶつかりそうになったバレリーナたちの方《ほう》が、有紗《ありさ》の顔《かお》をみて、すっと体《からだ》をよけています。

有紗《ありさ》が一直線《いっちょくせん》にむかったのは、杏奈《あんな》のところでした。うしろから近《ちか》づいた有《あり》紗《さ》は、踊《おど》っている杏奈《あんな》の右《みぎ》うでを、いきなり、ぐいっとつかみました。

「いったいどういうこと？」
とげのある大声《おおごえ》に、スタジオの全員《ぜんいん》が、ぎょっとして、ふりかえりました。
有紗《ありさ》が近《ちか》づいていることに気《き》づかなかった杏奈《あんな》は、あっけにとられています。
「どういうことって、聞《き》いてるのよ。答《こた》えて！」

「オーディションよ！　『チョコレートの精《せい》』にエントリーしたそうじゃない。それもけさになって、急《きゅう》に！　あなた、まだコール・ド・バレエでしょ？　それがソリストの役《やく》にエントリーなんて！」

目《め》をつりあげてまくしたてる有紗《ありさ》と、青《あお》い顔《かお》をしてあとずさる杏奈《あんな》。パトリックはその間《あいだ》に、わりこんでいました。

「パトリック！　あなたもいってやってよ！　まだ十三歳《さい》の杏奈《あんな》が、ソリストなんて、なまいきだって」

「杏奈《あんな》に『チョコレートの精《せい》』を、すすめたのは、ぼくだよ」

「な、なんですって？　ねえ、なにか、かんちがいしてない？　こんどの『くるみ』の『チョコレートの精《せい》の踊《おど》り』は、群舞《ぐんぶ》じゃなくて、男女《だんじょ》ふたりのソリストで演《えん》じるのよ」

「もちろん、そんなこと、知《し》ってるさ」

「そして、その役《やく》にエントリーしたのは、このあたしよ！」

「それも知《し》っている」

パトリックが冷静《れいせい》にこたえるのと反対《はんたい》に、有紗《ありさ》の声《こえ》はひきつり、くちびるのふるえが大《おお》きくなっています。

「……つまり、あたしとこの子《こ》を、わざと勝負《しょうぶ》させようとしてるのね」

そこで、はじめて、パトリックは首《くび》をふりました。

「杏奈《あんな》にソリストとしての実力《じつりょく》はあるよ。だから、チャレンジしてみたらどうかと、すすめただけさ。別《べつ》に、有紗《ありさ》と勝負《しょうぶ》させようとか、じゃまをさせようとか、そんなこと、思《おも》ってもいないよ」

「あたりまえよ！　あたしが、杏奈《あんな》なんかに負《ま》けるわけないじゃない！」

有紗《ありさ》の顔《かお》が、真《ま》っ赤《か》になりました。

「でも、パトリック。あたし、ものすごくショック。だってそうでしょ。あたしたち、ずっといっしょに練習《れんしゅう》してきた。ランニングもダイエットも、おたがいにはげましあって。それなのに、杏奈《あんな》のこと、かくしてた！」

「まてよ、有紗《ありさ》。べつにかくしていたわけじゃなくて……」

パトリックが、有紗《ありさ》にむかって手《て》をのばしました。が、有紗《ありさ》は、その手《て》を、はねのけました。

「いいわけなんか、聞《き》きたくない！　あっちへいって！」

有紗《ありさ》は金切《かなき》り声《ごえ》をあげると、杏奈《あんな》を、ぎろりとにらみました。

「あなたには、ぜったいに役《やく》をゆずらないから。『チョコレートの精《せい》』は、あたし。パトリックがなにをいったか知《し》らないけど、あなたにソリストとしての力《ちから》なんてないの。オーディションで思《おも》い知《し》らせてあげるわ！」

スタジオ中《じゅう》に、ひびきわたるような大声《おおごえ》で、そういいすてると、有紗《ありさ》は、すたすたと、歩《ある》きさっていきました。

4．怪《かい》事《じ》件《けん》、発《はっ》生《せい》

「レイナちゃん、どうしてオーディション、見《み》なかったの？」

その日《ひ》の夕方《ゆうがた》、レイナの部屋《へや》に、美貴《みき》がやってきました。

実《じつ》は、レイナは、有紗《ありさ》と杏奈《あんな》がもめたあと、そのまま、ひとりで帰《かえ》ってきてしまいました。あの後《あと》、パトリックが、おびえる杏奈《あんな》をなだめたり、やさしくアドバイスをしたりしているのを見《み》て、つまらなく感《かん》じられたからです。

でも、そのとおり、美貴《みき》にいうわけに

はいかないと、思《おも》いました。

（だって、変《へん》なふうに思《おも》われたらいやだもの。それに、あたし、自分《じぶん》でもなんでそんなふうに思《おも》ったのか、よくわからないし……）

「なんだかバレエって、むずかしそうで、よくわからないから……」

レイナが口《くち》ごもっていると、美貴《みき》が身《み》をのりだしました。

「じゃあ、まえもって教《おし》えてあげればよかったね。あたし、バレエ公演《こうえん》で歌《うた》うことになったから、いろいろ聞《き》いたり、ママが借《か》りてきたDVD《ディーブイディー》を見《み》たりしたんだ。あのね……」

美貴《みき》は、バレエの『くるみわり人形《にんぎょう》』について、話《はな》しはじめました。

ドイツの童話《どうわ》をもとに、有名《ゆうめい》なチャイコフスキーという作曲家《さっきょくか》が、バレエ組《くみ》曲《きょく》を作曲《さっきょく》したこと。

主人公《しゅじんこう》の少女《しょうじょ》クララがもらった「くるみわり人形《にんぎょう》」が、夜《よる》、兵隊《へいたい》の人形《にんぎょう》たちを指揮《しき》してネズミの軍隊《ぐんたい》と戦《たたか》うこと。あやうく負《ま》けそうになった「くるみわり人形《にんぎょう》」を、クララが助《たす》けると、人《にん》形《ぎょう》は王子《おうじ》になり、お礼《れい》として、クララをお菓子《かし》の国《くに》に連《つ》れていくこと……。

「でね、お菓子《かし》の国《くに》へいく途中《とちゅう》、雪《ゆき》の森《もり》で、雪《ゆき》の精《せい》たちが、踊《おど》りを見《み》せてくれるシーンで、あたしたち合唱団《がっしょうだん》が、歌《うた》うの。そこまでが第《だい》一幕《まく》」

第二幕《だいにまく》は、お菓子《かし》の国《くに》のお城《しろ》が舞台《ぶたい》で、お菓子《かし》の女王《じょおう》の「金平糖《こんぺいとう》の精《せい》」に紹介《しょうかい》されたり、チョコレートやコーヒーの精《せい》たちの踊《おど》りがあるのだそうです。

「ふーん。なんだか楽《たの》しそうなお話《はなし》ね」

「でしょう? それに、プリマやソリストだけじゃなくて、コール・ド・バレエの部分《ぶぶん》もたくさんあるから、世界《せかい》でもトップクラスのバレエ団《だん》の公演《こうえん》から、子《こ》どもが中心《ちゅうしん》のバレエ教室《きょうしつ》の発表会《はっぴょうかい》まで、とっても人気《にんき》の演目《えんもく》なんだよ」

レイナは、そこで、パトリックに聞《き》けなかった言葉《ことば》を思《おも》い出《だ》しました。

「あ、その、ソリストとか、コール・ド・バレエって、なに?」

「バレエダンサーの階級《かいきゅう》みたいなもの。正確《せいかく》にはいろいろあるらしいけど、簡単《かんたん》にいえば、主役《しゅやく》をやれるトップのバレリーナが『プリマ』、主役《しゅやく》じゃないけど、ひとりで重要《じゅうよう》な役《やく》を踊《おど》れる上手《じょうず》な人《ひと》が『ソリスト』、群舞《ぐんぶ》っていって、おおぜいで踊《おど》るレベルの人《ひと》が『コール・ド・バレエ』」

なるほど、それなら、あのとき有紗《ありさ》がいった言葉《ことば》の意味《いみ》がわかります。

『あなた、まだコール・ド・バレエでしょ？　それがソリストの役《やく》にエントリーなんて！』

つまり、『杏奈《あんな》はまだおおぜいでしか舞台《ぶたい》にあがれないレベルなのに、ひとりで踊《おど》る役《やく》をねらうなんて、なまいきだ』と、有紗《ありさ》はいいたかったのでしょう。

「じゃあ、美貴《みき》ちゃん、『くるみわり人形《にんぎょう》』の『チョコレートの精《せい》の踊《おど》り』も、ソリストの踊《おど》り？」

「それは、公演《こうえん》のしかたによって、ちがうみたい」

美貴《みき》の話《はなし》では、『チョコレートの精《せい》の踊《おど》り』は、スペイン風《ふう》の音楽《おんがく》にあわせて踊《おど》るもので、チョコレートの精《せい》が四人《にん》や五人《にん》のバレリーナの群舞《ぐんぶ》のときもあれば、男《おとこ》と女《おんな》のソリストひとりずつのときもあるのだそうです。

「今回《こんかい》の公演《こうえん》は、男女《だんじょ》ひとりずつの、ソリストの踊《おど》りなんだけどね……」

美貴《みき》はそこで、目《め》をきらきらっとかがやかせました。

「そのオーディションが、たいへんだったんだよ！」

レイナは、それが、すぐに有紗《ありさ》と杏奈《あんな》のことだとわかりました。

「『チョコレートの精《せい》』は、坂本有紗《さかもとありさ》さんっていう、中三《ちゅう》の女《おんな》の子《こ》がやる予定《よてい》だったの。いちおうオーディションはするけれど、もともと有紗《ありさ》さんひとりしかエントリーしてないから、それで決《き》まりのはずだったわけ。ところが……」

美貴《みき》は、興奮《こうふん》したように話《はなし》をつづけています。

「けさになって、永井杏奈《ながいあんな》さんが、その役《やく》に急《きゅう》にエントリーしたの。ほら、まえに話《はな》した、あたしの合唱団《がっしょうだん》の先生《せんせい》の姪《めい》っ子さんね。で、有紗《ありさ》さん、おこっちやって。バレエ団《だん》の団長《だんちょう》の、山田先生《やまだせんせい》にも、もうれつに抗議《こうぎ》したんだって」

でも、山田先生《やまだせんせい》は、聞《き》く耳《みみ》をもたなかったそうです。

『これはオーディション。だれでも、どの役《やく》にでも、自由《じゆう》にチャレンジできます。実力《じつりょく》があれば合格《ごうかく》、なければ不合格《ふごうかく》。それだけのことです』と。

「それで、たったひとつの『チョコレートの精《せい》』の役《やく》を、有紗《ありさ》さんと杏奈《あんな》さんが争《あらそ》うことになったの。それでも、有紗《ありさ》さんが合格《ごうかく》すると、だれもが予想《よそう》していたんだけどね……」

杏奈《あんな》さんの踊《おど》りが、思《おも》った以上《いじょう》に上手《じょうず》だったのだそうです。

「小《ちい》さいころからずっと杏奈《あんな》さんを教《おし》えている山田先生《やまだせんせい》も、びっくりするほどの上達《じょうたつ》ぶりだったんだって。『まるで、魔法《まほう》にかかったシンデレラみたい……』ってつぶやいたの、あたしも聞《き》いたもの」

（『魔法《まほう》にかかったシンデレラ』？）
『魔法《まほう》』という言葉《ことば》に、レイナは、ひっかかりました。
「合唱団《がっしょうだん》の先生《せんせい》も、首《くび》をひねってたよ。杏奈《あんな》さん、気《き》が弱《よわ》くて、自分《じぶん》がやりたいことを、なかなかいえない性格《せいかく》なんだって。それなのに、だれにも相談《そうだん》しないで、重要《じゅうよう》な役《やく》にエントリーするなんて、人《ひと》が変《か》わったみたいだって」
（性格《せいかく》って、そんなにかんたんに変《か》わるのかな？）

「で、結果《けっか》はどうだったの？」

「それがまたびっくり。ふたりとも合格《ごうかく》だったたんだよ」

公演《こうえん》は、昼《ひる》の部《ぶ》と夜《よる》の部《ぶ》の二回《かい》あるので、昼《ひる》の部《ぶ》は有紗《ありさ》、夜《よる》の部《ぶ》は杏奈《あんな》が踊《おど》ることになったのだそうです。

「ふたりとも出演《しゅつえん》できるなら、よかったじゃない。けんかしなくてすむでしょ」

「とんでもない！　あたしが、たいへんだっていったのは、そのことだよ」

美貴《みき》はぶるぶると首《くび》をふりました。

「これはうわさなんだけどね、ふたりとも合格《ごうかく》になったのは、パトリックさんがそういったからららしいの。しかも、杏奈《あんな》さんの相手役《あいてやく》は、パトリックさんになったんだよ。もともとは、有紗《ありさ》さんの相手役《あいてやく》のはずだったのに、そっちは、別《べつ》の人《ひと》になったの。おかしいと思《おも》わない？」

レイナは、練習《れんしゅう》スタジオでの、パトリックのことを思《おも》い出《だ》しました。

『杏奈《あんな》は特別《とくべつ》さ。才能《さいのう》があるうえに練習熱心《れんしゅうねっしん》なんだ。杏奈《あんな》の踊《おど》り、大好《だいす》きだな』

そうつぶやいたときの、いとおしそうな声《こえ》。そして、杏奈《あんな》の動《うご》きを追《お》う、茶《ちゃ》色《いろ》の瞳《ひとみ》のかがやき。

（パトリックさん、杏奈《あんな》さんのことが好《す》きなのかも）

そう思《おも》ったら、また、胸《むね》の奥《おく》が、ちくりと、痛《いた》みました。

でも、美貴《みき》は、なんだか、目《め》をかがやかせています。

「レイナちゃん、このままじゃ終《お》わらないよ。美人《びじん》バレリーナふたりの、恋《こい》のバトルがはじまるよ。あたし、合唱団《がっしょうだん》の練習《れんしゅう》で、山田《やまだ》バレエ団《だん》にいくときは、かならず、レイナちゃんのこと誘《さそ》うからね！」

美貴《みき》は、そういうと、さっさと帰《かえ》ってしまいました。

つぎの日《ひ》の夕方《ゆうがた》。

学校《がっこう》の宿題《しゅくだい》を終《お》わらせると、レイナは、窓《まど》を見《み》ました。

（ミカエル、どうしちゃったんだろ）

きのう、ミカエルは、とうとう姿《すがた》を見《み》せませんでした。夜中《よなか》にかえってきてもいいように、ふたをあけたネコのかんづめを、窓《まど》べにおいておきましたが、手《て》つかずのまま、のこっています。

（おなか、すいてないのかな……）

以前《いぜん》から、ミカエルは、ネコに変身《へんしん》すると、しばらく帰《かえ》ってこないことがありました。それで、おねえさんのセリカさんに、よくしかられていました。

（ミカエルのことだから、また、遊《あそ》びほうけてるのかもしれないけど……）

でも、ミカエルは、オーディションにも、姿《すがた》を見《み》せませんでした。

（あんなに見《み》たがっていたのに……）

キャンキャンキャンキャン！

階段《かいだん》の下《した》から、子犬《こいぬ》たちの鳴《な》き声《ごえ》がします。このあいだからお店《みせ》にいる、四頭《とう》の大型犬《おおがたけん》です。

（あ、おさんぽの時間《じかん》か。じゃあ、今日《きょう》は、すこし遠《とお》まわりして、ミカエルをさがしてみようかな）

「はいはい、いまいくからね」

レイナは、いそいで出《で》かけるしたくして、階段《かいだん》をおり、お店《みせ》にむかいました。

そして、ゴールデン・レトリーバーたち四頭《とう》の子犬《こいぬ》たちを、ケージから出《だ》すと、それぞれに首輪《くびわ》とリードをつけはじめました。

「そんなにはしゃいでたら、おさんぽにいけないよ。おとなしくしなさい！」

レイナが、大暴《おおあば》れする子犬《こいぬ》たちと格闘《かくとう》しているときです。

「レイナさま」

うしろから、チェンバレンに声《こえ》をかけられました。

「犬《いぬ》のさんぽにお出《で》かけのときは、これをリードにつけるようにと、伯爵《はくしゃく》さまとことづかってまいりました」

チェンバレンは、なにか四角《しかく》くて、黒《くろ》いものをさしだしています。

「パパが？　なんなの、これ？」

「防犯《ぼうはん》ブザーです。ちかごろは、ぶっそうですからな。へんな人《ひと》が近《ちか》づいてきたら、これをひっぱるのです」

チェンバレンが、先《さき》についた、小《ちい》さなひもをひっぱったとたん。

ブブブブブ！

ものすごい音《おと》に、レイナは耳《みみ》をふさぎました。チェンバレンがわらいながら、ひもをもとにもどすと、ブザーがとまりました。

「これなら、へんな人《ひと》も思《おも》わずにげるし、だれかが助《たす》けに来《き》てくれるでしょう。この子犬《こいぬ》どもには、レイナさまを守《まも》ることまではできませんからな」

なるほど、これなら安心《あんしん》です。レイナは防犯《ぼうはん》ブザーを受《う》けとりました。が、ひもの先《さき》に、緑色《みどりいろ》の草《くさ》が一本《ぽん》、むすびつけてあるのに、気《き》づきました。

「ああ、それはかざりです。ちかごろは、かわいい防犯《ぼうはん》ブザーが、いろいろあるというのに、伯爵《はくしゃく》さまときたら、色《いろ》は黒《くろ》、イラストすらついていないものをお選《えら》びになられて。すこしでも、女《おんな》の子《こ》らしくしようと、つけてみました」

チェンバレンの気《き》づかいに、レイナはうれしくなりました。
「ありがとう。これ、なにかのお花《はな》？」
「バーベナです。あいにく咲《さ》いているものがなくて。でも、先《さき》につぼみがございましょう？　もしかしたら、花《はな》が咲《さ》くかもしれません」
チェンバレンは、にっこりとわらうと、くるりと背《せ》を向《む》けました。けれども、すぐにまた、レイナをふりかえりました。

「そうそう。キャットフードもたりなくなったら、おっしゃってください。伯《はく》爵《しゃく》さまやエリカさまではなく、わたしに直接《ちょくせつ》。いくらでも、さしあげますよ」

そういって、チェンバレンは、お店《みせ》の奥《おく》に消《き》えていきました。

（チェンバレン……。ほんとうに、いろいろありがとう）

外《そと》はもうすっかり日《ひ》がくれています。子犬《こいぬ》たちは、待《ま》ちに待《ま》ったさんぽに、今日《きょう》もおおはしゃぎ。車《くるま》が通《とお》ろうが、人《ひと》で混雑《こんざつ》していようが、おかまいなしに、右《みぎ》へいったり、左《ひだり》へいったり、やりたい放題《ほうだい》です。迷惑《めいわく》をかけないように、レイナは人通《ひとどお》りの少《すく》ない道《みち》を通《とお》って、公園《こうえん》へむかいました。

「お願《ねが》いだから、そんなにひっぱらないで～」

でも、もうすぐ先《さき》には、公園《こうえん》が見《み》えています。子犬《こいぬ》たちは、悲鳴《ひめい》をあげるレイナをひきずるようにして、走《はし》り出《だ》しました。

ワンワンワン！　キャンキャンキャン！

子犬《こいぬ》たちは、小《ちい》さな噴水《ふんすい》のある広場《ひろば》へとかけこんでいきます。そこで、ようやく走《はし》るのをやめて、あたりをくんくんとかぎだしました。

「ふう……。まったく、この子《こ》たちのさんぽは、たいへん……」

レイナは、噴水《ふんすい》のふちにもたれかかって、ひと休《やす》みです。

パタッ。パタパタパタ、パタン。

暗《くら》い公園《こうえん》の奥《おく》の方《ほう》で、なにやら、かわいた音《おと》がします。足音《あしおと》のようですが、それにしては、とてもリズミカルです。

（なんだろう）

レイナは、音《おと》の方《ほう》へ目《め》をこらしました。すると、木《き》のかげで、小《ちい》さな人影《ひとかげ》が動《うご》いているのに気《き》づきました。子犬《こいぬ》たちも、興味《きょうみ》をもったのか、影《かげ》のほうへ、走《はし》り出《だ》しました。ひっぱられるままに、近《ちか》づいたレイナは、そこに、ピンクのトレーニングウェアを着《き》た女《おんな》の子《こ》がいるのに気《き》がつきました。

小《ちい》さな顔《かお》は、きれいな卵形《たまごがた》。だぶっとしたウェアの上《うえ》からでもわかる、すらりとしたほそいうでと足《あし》……。

「杏奈《あんな》さん？」

思《おも》わず声《こえ》にだしてしまったレイナに、女《おんな》の子《こ》がぴたりと動《うご》きをとめました。

「だ、だれ？」

5．バーベナの花《はな》がひらいた

「ご、ごめんなさい、練習《れんしゅう》のじゃまをしちゃって……」

あわてるレイナに、杏奈《あんな》が、首《くび》をかしげながら近《ちか》づいてきました。

「あの、どこかで、あった？」

「あたしは、山田《やまだ》バレエ団《だん》のスタジオで、杏奈《あんな》さんが練習《れんしゅう》しているところを、勝手《かって》に見《み》させてもらったんです」

レイナは、自己紹介《じこしょうかい》をしてから、パトリックや美貴《みき》から聞《き》いたことを、話《はな》しました。

「レイナちゃん、幸小学校《さいわいしょうがっこう》なんだ。あたしも、そうだったんだよ！」

レイナが、自分《じぶん》の卒業《そつぎょう》した学校《がっこう》の四年生《ねんせい》だとわかると、杏奈《あんな》は、花《はな》が咲《さ》いたような笑顔《えがお》を見《み》せました。

「ペットショップができたのも知《し》ってるわよ。卒業式《そつぎょうしき》のあとの春休《はるやす》みよね」

杏奈《あんな》は、じゃれつく子犬《こいぬ》たちも、なでてくれています。犬好《いぬず》きとわかると、レイナも、なんだか話《はな》しやすくなりました。

「でも、たいへんですね。公園《こうえん》でも練習《れんしゅう》するなんて」

杏奈《あんな》は、こくりとうなずきました。

「はじめてのソリストだから、失敗《しっぱい》はできないし、相手役《あいてやく》になってくれるパトリックさんのためにも、がんばらなくちゃいけないから」

バレエ団《だん》の練習《れんしゅう》にも毎日通《まいにちかよ》っていますが、それだけでは不安《ふあん》なので、公園《こうえん》で練習《れんしゅう》しているのだそうです。

「ふつうの練習《れんしゅう》なら、家《いえ》でできなくもないけど、今回《こんかい》はキャラクターシューズ。マンションのお部屋《へや》では、下《した》の人《ひと》の迷惑《めいわく》になっちゃうのよ」

「キャラクターシューズ？　それ、なんですか？」

首《くび》をかしげるレイナに、杏奈《あんな》は、自分《じぶん》の足《あし》を指《ゆび》さしました。

「レイナちゃんが、スタジオで見《み》たトゥシューズとちがうでしょ？」

たしかにちがいます。スタジオのバレリーナたちがはいていたのは、白《しろ》やピンクのかかとがない靴《くつ》でした。でも、杏奈《あんな》がはいているのは、かかともあれば、ストラップもついています。ちょうど、お出《で》かけ用《よう》の黒《くろ》の革靴《かわぐつ》のようです。

「『チョコレートの精《せい》の踊《おど》り』は、キャラクターダンスっていって、クラシックバレエとはちがうものなの。うまく説明《せつめい》できないけど、いろいろな民族《みんぞく》の踊《おど》りをバレエにアレンジした、独特《どくとく》の踊《おど》りで……」

こんどの公演《こうえん》の『くるみわり人形《にんぎょう》』でも、『チョコレートの精《せい》の踊《おど》り』のように、スペイン風《ふう》のもあれば、『コーヒーの精《せい》の踊《おど》り』はアラビア風《ふう》、『お茶《ちゃ》の精《せい》の踊《おど》り』は中国風《ちゅうごくふう》、さらには、ロシア風《ふう》のもあるそうです。

それにあわせて、衣装《いしょう》も、クラシックバレエのチュチュではなく、それぞれのふんいきにあわせたものを身《み》につけ、キャラクターシューズをはくのだ、と、杏奈《あんな》は教《おし》えてくれました。

「シューズだけじゃなくて、こういう小道具《こどうぐ》も持《も》つのよ」

杏奈《あんな》は、近《ちか》くのベンチから、なにか細長《ほそなが》いものをひろいあげたかと思《おも》うと、手《て》をぶるんとふりました。すると、どうでしょう、バサッと大《おお》きな音《おと》がして、扇《おおぎ》の形《かたち》に大《おお》きくひらきました。

「それ、扇子《せんす》じゃないですか？　暑《あつ》いときにぱたぱたってあおぐ……」

マジカル王国《おうこく》に、扇子《せんす》はありません。去年《きょねん》の夏《なつ》、近所《きんじょ》のおばあさんがつかっているのを見《み》たのが、はじめてでした。かんたんな造《つく》りなのに、すずしいし、絵《え》が描《か》いてあってきれいだし、小《ちい》さくなるし、人間《にんげん》の工夫《くふう》ってすごいなと、とても感心《かんしん》したのをおぼえています。

「そう。でも、これはスペイン語《ご》で『アバニコ』っていって、日本《にほん》の扇子《せんす》よりずっと大《おお》きいの。スペインのフラメンコって踊《おど》りでつかわれるから、これをもつと、ふんいきがよく出《で》るんだけど……」

杏奈《あんな》は、ひらいたアバニコをひらひらさせながら、手《て》をぐるりとまわし、その場《ば》で、バレエのステップをふみました。

「きれい！」

「でも、むずかしいの。クラシックバレエの動《うご》きとはぜんぜんちがうし。できれば、トゥシューズとチュチュで、ふつうにやりたかったんだけど」

杏奈《あんな》の話《はなし》では、キャラクターダンスでも、バレエ団《だん》や、公演《こうえん》のスタイルによっては、トゥシューズとチュチュで踊《おど》ることもあるのだそうです。

「でも、パトリックさんが、『それは有紗《ありさ》さんにまかせて、ぼくたちは、キャラクターシューズとアバニコの踊《おど》りにチャレンジしよう』って」

こまったように、目《め》をふせる杏奈《あんな》の表情《ひょうじょう》に、レイナは、心《こころ》にひっかかっていたことを、思《おも》い切《き》って聞《き》いてみることにしました。

「あのう、杏奈《あんな》さんが『チョコレートの精《せい》』の役《やく》を、有紗《ありさ》さんとわけあうことになったことと、パトリックさんとは、なにか関係《かんけい》があるんですか?」

すると、杏奈《あんな》はおどろいたように、レイナの顔《かお》を見《み》つめました。

「あなたのような人《ひと》にまで、うわさは広《ひろ》まってるのね……」

うわさというのは、「杏奈《あんな》が合格《ごうかく》できたのは、パトリックさんの推薦《すいせん》のおかげ」というものでしょう。レイナはあわてました。

「ち、ちがうんです。ただ、バレエ団《だん》の山田団長《やまだだんちょう》さんが、『魔法《まほう》がかかったシンデレラみたい』って、おっしゃったほど、杏奈《あんな》さんが急《きゅう》に上手《じょうず》になったと聞《き》いたんで、なにか、パトリックさんのアドバイスがあったのかなって……」

杏奈《あんな》は、ため息《いき》をつくと、アバニコを、ぱたっととじました。

「みんながびっくりするのも、無理《むり》ないもの。あたし自身《じしん》が、いちばんおどろいてるんだから」

「杏奈《あんな》さんが、おどろいてる?」

「あたし、三歳《さい》のときからバレエをはじめたの。夢《ゆめ》はプリマだけど、それよりなるべく早《はや》くソリストになりたいなって思《おも》ってた。バレエをやってる子《こ》はみんなそうだし、だから一生懸命《いっしょうけんめい》に練習《れんしゅう》してきたわ」

杏奈《あんな》の声《こえ》が、しんとした暗《くら》い公園《こうえん》にひびいています。

「山田《やまだ》バレエ団《だん》が『くるみわり人形《にんぎょう》』の公演《こうえん》をすることになって、オーディションがあるって聞《き》いたときも、『チョコレートの精《せい》』の役《やく》にエントリーしてもいいか、山田先生《やまだせんせい》に聞《き》くつもりだったの。でも……」

すぐにあきらめようと思《おも》ったそうです。

「ちょうど、イギリス帰《がえ》りの有紗《ありさ》さんが入団《にゅうだん》しちゃって。あたしより年上《としうえ》だし、バレエもものすごく上手《じょうず》だし、そのうえ、『チョコレートの精《せい》』に、有紗《ありさ》さんもエントリーするって聞《き》いて……」

レイナは、目《め》をみはりました。

「ちょっと待《ま》ってください。有紗《ありさ》さんも、イギリスから来《き》たんですか？」

「そうよ。ご両親《りょうしん》は日本人《にほんじん》だけど、有紗《ありさ》さんは、生《う》まれも育《そだ》ちもイギリスだって、聞《き》いたわ」

「じゃあ、入団《にゅうだん》も、パトリックさんといっしょ？」

「ううん。パトリックさんの方《ほう》が二週間《しゅうかん》ぐらい早《はや》かった。でも、中学生同士《ちゅうがくせいどうし》だし、同《おな》じイギリス育《そだ》ちだから、すぐになかよくなって。バレエ団《だん》の子《こ》たちは、『イケメンと美女《びじょ》の理想《りそう》のカップル』って、うらやましがったものよ」

（それなのに、急《きゅう》にパトリックさんが、杏奈《あんな》さんをおうえんするようになったなんて……）

レイナが、考《かんが》えこんでいると、杏奈《あんな》が声《こえ》を大《おお》きくしました。

「でも、あたし、ふたりのじゃまをしようなんて、ぜんぜん思《おも》ってない！　いくらソリストになりたいからって、ふたりの仲《なか》をさいてまで、パトリックさんにとりいろうなんて、そんなひどいことしてない！」

レイナは、びっくりしました。

「そ、そんな！　あたし、そんなこと、考《かんが》えも……」

「でも、みんな、そう思《おも》ってる！　パトリックさんのガールフレンドになって、『チョコレートの精《せい》』の役《やく》をもらえるよう、たのんだんだって、バレエ団《だん》のなかで、うわさになってる！」

杏奈《あんな》は、ベンチの上《うえ》に、へたりこむようにすわりました。

「でも、そんなのうそ。たしかに、パトリックさんはアドバイスしてくれたわ。手《て》の動《うご》かしかたとか、ひざの曲《ま》げ方《かた》とか。ちょっとしたことだけど、おかげで、ものすごく上手《じょうず》になった気《き》がしたし、急《きゅう》に自信《じしん》がわいてきて……」

杏奈《あんな》は、ひとことひとこと、たしかめるように、つぶやいています。

「でも、オーディションのことも、ぜんぶ自分《じぶん》で考《かんが》えたこと。だれにも相談《そうだん》せずにね。パトリックさんにすすめられたわけじゃない。だいたい、アドバイスだって、きのうの朝《あさ》の一回《かい》だけ。それもぐうぜんだったのよ」

レイナは、はっとしました。

「ぐうぜん？　じゃあ、杏奈《あんな》さんからたのんだわけじゃないんですか？」

「とんでもない！」

杏奈《あんな》は、首《くび》をはげしくふりました。

「あたし、毎朝《まいあさ》、この公園《こうえん》をランニングしてるの。バレエに必要《ひつよう》な体力《たいりょく》をつけるためにね。きのうは、オーディションがあるから、準備《じゅんび》のつもりで、ここで基本練習《きほんれんしゅう》をしてたの。そうしたら、パトリックさんが通《とお》りかかって……」

（きのうの朝《あさ》……）

レイナの心《こころ》にひっかかるものがありました。

「ちがうでしょ！　パトリックを待《ま》ち伏《ぶ》せていたんでしょ！」

かんだかい声《こえ》とともに、木《き》のかげから、すらりとした人影《ひとかげ》がおどりでてきました。日本人《にほんじん》ばなれした彫《ほ》りの深《ふか》い顔《かお》。くっきりとした目《め》と、長《なが》いまつげ。

「有紗《ありさ》さん……」

顔《かお》をこわばらせる杏奈《あんな》にむかって、有紗《ありさ》は一直線《いっちょくせん》に近《ちか》づいてきます。そして、つんとした高《たか》い鼻《はな》がくっつくほど、杏奈《あんな》につめよりました。

「正直《しょうじき》にいいなさいよ。パトリックが、毎朝《まいあさ》、ここをランニングするのを知《し》っていたから、待《ま》ち伏《ぶ》せしていたって」

「ちがいます！　そんなこと、ありません！」

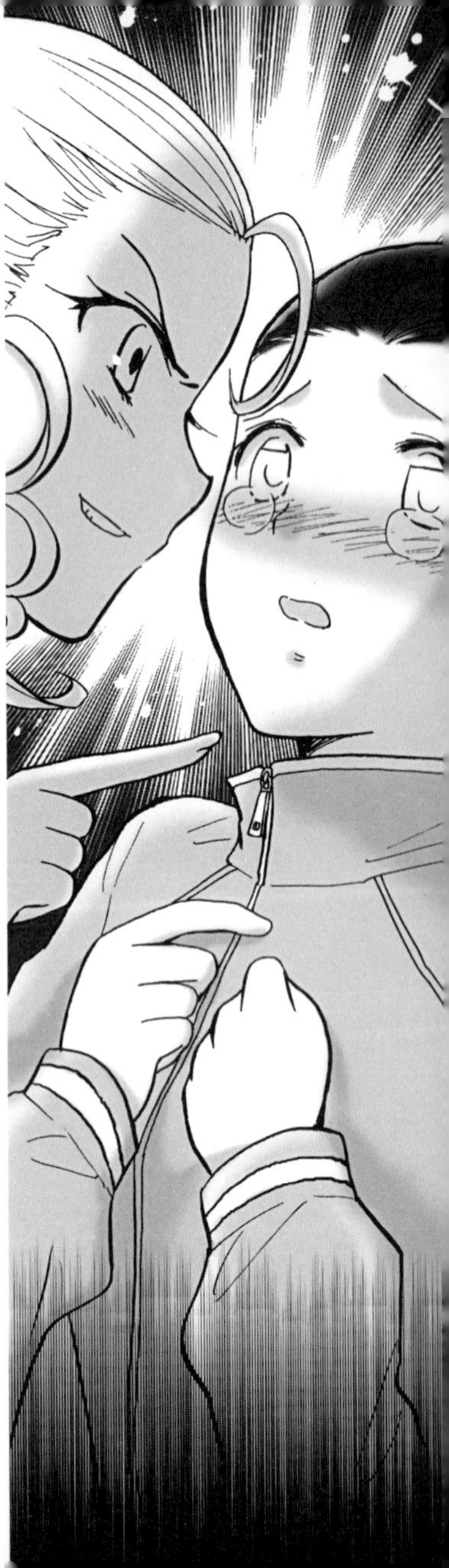

杏奈《あんな》は、涙《なみだ》をぽろぽろ流《なが》しながら、首《くび》をふっています。
「あらそう。じゃあ、聞《き》くけど、あなた、どうして、とつぜん、キャラクターシューズで踊《おど》れるようになったの？」
杏奈《あんな》が、はっと顔《かお》をあげました。それを見《み》て、有紗《ありさ》が、いじわるそうに、にやりとわらいました。
「あたし、山田先生《やまだせんせい》に聞《き》いたんだから。たしかにあなたは『チョコレートの精《せい》の踊り』に興味をもっていて、練習をしていた。でも、それはポアントで踊るやりかたで、キャラクターシューズの踊《おど》りじゃなかったって」

（ポアントって、トゥーシューズでつま先で踊《おど》ることだよね）

レイナは、さっき、同《おな》じキャラクターダンスでも、トゥシューズで踊《おど》るクラシックバレエのスタイルと、キャラクターシューズで踊《おど》るスタイルとは、ぜんぜんちがうので、とまどっていると、杏奈《あんな》がいっていたのを思《おも》い出しました。

「あなた、あのキャラクターシューズのステップ、だれに習《なら》ったの？」

有紗《ありさ》が、杏奈《あんな》につめよっています。杏奈《あんな》はこまったように、うつむきました。

「だまってれば、ばれないと思《おも》ってるんでしょう。でも、あたしはだませないわよ。だって、あなたがオーディションで見《み》せたステップは、パトリックがあたしに教《おし》えたもの、そのものなんだから！」

（なんですって？）

「あなた、パトリックにあって、アドバイスをもらったのは、一回《かい》だけだっていったわね。でも、二分近《ふんちか》い踊《おど》りのステップを、一回《かい》だけでできるようになるわけない。そう、それもうそ。あなたは、もう何回《なんかい》もパトリックといっしょに秘密《ひみつ》の練習《れんしゅう》をしてたのよ」

（そ、そうなの？）

思《おも》わず、レイナが杏奈《あんな》の顔《かお》を見《み》ると、杏奈《あんな》は、はげしく首《くび》をふりました。

「ちがうの、レイナちゃん。あったのは、ほんとに一回《かい》だけ。教《おし》えてもらったのも、クラシックバレエの基本《きほん》ステップのコツだけ。でも、オーディションでは、なぜか、やったことのないステップをしてたの。ほんとよ！　信《しん》じて！」

杏奈《あんな》はすがるような目《め》をしています。その顔《かお》を、有紗《ありさ》は乱暴《らんぼう》につかむと、ぐいっと自分《じぶん》の方《ほう》にむけました。

「そんなうそ、しろうとの女《おんな》の子《こ》にしか通用《つうよう》しないわよ。このこと、バレエ団《だん》の人《ひと》たち、みんなにいいふらしてやる。このことが広《ひろ》まって、山田先生《やまだせんせい》の耳《みみ》に入《はい》ったら、どうなるかしらね。楽《たの》しみだわ！」

有紗《ありさ》は、いまにもかみつきそうないきおいです。大《おお》きくひらいた口《くち》から、するどい犬歯《けんし》がのぞいて、朝日《あさ》にきらめいたほどです。

そのときでした。

ワンワンワン！　ガウウ！　ワンワンワン！

子犬《こいぬ》たちが、はげしくほえはじめたかと思《おも》うと、いきなり有紗《ありさ》にむかって、突進《とっしん》しはじめました。と同時《どうじ》に、有紗《ありさ》の剣幕《けんまく》にすっかり気《き》をとられていたレイナの手《て》から、子犬《こいぬ》たちをつないでいたリードが、するりとぬけました。

「あっ、だめっ」

そのときにはもう手遅《ておく》れでした。四頭《とう》の子犬《こいぬ》たちは、有紗《ありさ》にむかって、いっせいにかけだしました。

「きゃあっ！　な、なんなのよ！　やめて！」

ワンワンワン！

「きゃあ！　このバカ犬《いぬ》！　あっちへいって！」

有紗《ありさ》と子犬《こいぬ》たちは、もつれあいながら、公園《こうえん》の奥《おく》へ消《き》えていきます。

（いけない！　あの子《こ》たちを連《つ》れて帰《かえ》らなくちゃ……）

われにかえったレイナは、子犬《こいぬ》たちが消《き》えた方《ほう》へむかって、走《はし》りだそうとしました。ところが、ふと、おかしなことに気《き》がつきました。

（ほえる声《こえ》が聞《き》こえない……いったいどうしたんだろ……）

暗《くら》やみに目《め》を凝《こ》らすと、草《くさ》のあいだから出《で》てきたのは、一匹《ぴき》の白《しろ》いネコ。

「ミカエル！」

レイナは思《おも》わず、しゃがみこみました。

「いったい、いままでどこにいってきた……。あれ？」

ミカエルのうしろに、子犬《こいぬ》たちがちょこんとならんでいました。さっきの勢《いきお》いはどこへやら、しっぽをふり、赤《あか》い舌《した》をだして、レイナを見上《みあ》げています。

「子犬《こいぬ》を放《はな》しちゃだめじゃないか、レイナ」

そういうミカエルの声《こえ》が、やけに重々《おもおも》しいのに、レイナは気《き》づきました。

「ミカエル、なにかあったの？」

「なにかあったのは、レイナのほうだろ。バーベナの花《はな》が、咲《さ》いているぞ……」

「え？」

ほんとうです。防犯《ぼうはん》ブザーにつけた、バーベナの花《はな》のつぼみが、大《おお》きくひらいて、赤《あか》い花《はな》をさかせていました。

「きれい！」

「おいおい、よろこんでる場合《ばあい》かよ。おまえ、なんのためにつけたんだよ」

首《くび》をかしげるミカエルに、レイナは、これは、チェンバレンが、女《おんな》の子《こ》らしくなるようにと、かざりとしてつけてくれたものだと話《はな》しました。

「まったくチェンバレンらしいな」

ミカエルは、ふんと鼻《はな》を鳴《な》らしました。

「レイナ、それは、妖精除《ようせいよ》けの一種《いっしゅ》だ」

「妖精除《ようせいよ》け？」

「ああ、妖精《ようせい》が近《ちか》づくと花《はな》が咲《さ》いて、警告《けいこく》してくれるのさ」

（まさか、そんな……）

レイナがあっけにとられていると、ミカエルは、植《う》えこみを出《で》て、ベンチの方《ほう》を見《み》ています。

「いま、だれといっしょにいた？」

「だれって、有紗《ありさ》さんと、杏奈《あんな》さんだけど……」

レイナもベンチの方《ほう》をふりかえりました。けれども、杏奈《あんな》の姿《すがた》は、どこにもありません。

「ミカエル。まさか……」

6．思《おも》いもよらないことが…

暗《くら》い道《みち》を、レイナと四頭《とう》の子犬《こいぬ》、そして、白《しろ》いネコが進《すす》んでいきます。

「バーベナの花《はな》がひらいたのは、ぐうぜんじゃない。たしかに、レイナのそばに、妖精《ようせい》がいたんだ。有紗《ありさ》か、杏奈《あんな》か、それとも、両方《りょうほう》ともか……」

「両方《りょうほう》とも？」

思《おも》わず声《こえ》にだすと、すれちがったおじさんが、ぎょっとしたように、レイナをふりかえりました。ネコとしゃべってるなんて、思《おも》いもよらないのですから、無《む》理《り》もありません。レイナは、まわりをみまわしてから、声《こえ》をひくめました。

「有紗《ありさ》さんも、杏奈《あんな》さんも、妖精《ようせい》だっていうの？」

「可能性《かのうせい》はもうひとつある。ふたりとも、ふつうの人間《にんげん》だってこと」

「だったら、妖精《ようせい》はどこに？」

「パックさ」

歩道《ほどう》のすみを、ぴんとしっぽをたてて、白《しろ》ネコのミカエルは歩《ある》いていきます。

「あたし、ずっとパックのことが気《き》になって、あちこち探《さが》してたんだ。あいつ、パトリックにあえって、ずいぶんしつこくいってただろ」

たしかに、パックは、ミカエルに追《お》いはらわれながらも、最後《さいご》まで『レイナさま、明日《あした》の朝《あさ》ですよ。公園《こうえん》でパトリック少年《しょうねん》のまえに』と、いっていました。

「『恋《こい》の薬《くすり》』をかけてやるなんて、いってたけど、どうも、他《ほか》に目的《もくてき》があるんじゃないかって、思《おも》えてさ」

「目的《もくてき》って？」

ミカエルは、薬屋《くすりや》さんの看板《かんばん》を、ぴょんととびこえました。

「それがわからないからさがしたんだよ。とっつかまえて、白状《はくじょう》させるか、あとをつけてようすをうかがうかしようとな。でも、どこにもいなかった……」

街《まち》のあちこちにいるノラネコたちにも聞《き》いたそうです。けれども、パックの姿《すがた》をみかけたネコさえ、一匹《ぴき》もいなかった、と、ミカエルはいいました。

「もしかしたら、あいつ、姿《すがた》をかくしているのかもしれない」

「姿《すがた》をかくす？　なんのために？」

「待《ま》ってるのさ。すでになにかをやらかして、その結果《けっか》を待《ま》つとか。レイナ、なにかおかしなこと、起《お》きてないか」

ミカエルにいわれて、レイナは、はっとしました。

「起《お》きてるよ。山田《やまだ》バレエ団《だん》でね……」

レイナは、とつぜん杏奈《あんな》がオーディションに参加《さんか》して、合格《ごうかく》したこと、そして、パトリックが、有紗《ありさ》とのコンビを解消《かいしょう》して、杏奈《あんな》とペアを組《く》むことになって、大《おお》さわぎになっていることなどを、話《はな》しました。

「それだ！」

ミカエルが、かっと目を見ひらきました。

「パックの『恋《こい》の薬《くすり》』が効《き》いたんだよ。ただし、パトリックとレイナじゃない。パトリックと杏奈《あんな》だよ！」

「なんですって！」

レイナはまた、大《おお》きな声《こえ》をあげてしまいました。それで、コンビニから出《で》てきた女《おんな》の人《ひと》が、びっくりしたように、レイナを見《み》つめました。

レイナはあわてて、しゃがみこんで、ミカエルをなでるふりをしました。でも、そうしているあいだに、ミカエルのいった意味《いみ》が、つかめてきました。

『「恋《こい》の薬《くすり》」をかけられた者《もの》は、つぎの朝《あさ》、最初《さいしょ》に見《み》つめ合《あ》った人《ひと》と恋《こい》に落《お》ちるんです』。

そのあと、パックは、ミカエルに追《お》いはらわれましたが、やたらに、つぎの朝《あさ》にパトリックにあいにいけと、うるさくいいつづけていました。

(もし、ほんとうにパトリックさんに『恋《こい》の薬《くすり》』をかけたとしたら……)

つぎの朝《あさ》、杏奈《あんな》は、公園《こうえん》で、ぐうぜんパトリックに出会《であ》ったといっていました。それが、パトリックが見《み》つめ合《あ》った、最初《さいしょ》の女《おんな》の子《こ》だとしたら……。

（パトリックさんは、杏奈《あんな》さんと恋《こい》に落《お》ちた！）

それなら、ソリストになりたいという杏奈《あんな》の希望《きぼう》を、なんとしてでもかなえようとした、パトリックの行動《こうどう》もわかります。それだけではありません。有紗《ありさ》とのコンビを解消《かいしょう》して、杏奈《あんな》と踊《おど》りたがる理由《りゆう》も説明《せつめい》がつきます。

「ミカエル、どうしよう！」

ミカエルは、コンビニのすみの、くらがりにちょこんとおすわりをしました。

「いまは、どうしようもないな。でも、レイナ、山田《やまだ》バレエ団《だん》での動《うご》きをしっかり見《み》はってくれ。ただし、妖精除《ようせいよ》けを忘《わす》れずにもっていけよ。いつパックがあらわれて、なにかしでかすとも、かぎらないからな」

そういうと、ミカエルは、急《きゅう》に腰《こし》をあげました。

「ミカエル、どこにいくの？」

「パックのことを、もう少《すこ》し調《しら》べてみる。あいつがなにかたくらんでるのだとしたら、それが、妖精《ようせい》の女王《じょおう》の命令《めいれい》なのかどうか、知《し》りたいからな」

そういえば、パックは、自分《じぶん》は妖精《ようせい》の女王《じょおう》につかえる宮廷妖精《きゅうていようせい》だといっていました。

「でも、妖精《ようせい》の女王《じょおう》が、人間《にんげん》たちをこまらせるようなことを命令《めいれい》するとは、思《おも》えないけど……」

「あたしもそう思《おも》う。だとしたら、おおごとだぞ。宮廷妖精《きゅうていようせい》が、妖精《ようせい》の女王《じょおう》に反乱《はんらん》をおこしているようなもんだからな」

ミカエルの瞳《ひとみ》が、コンビニの光《ひかり》に、きらりとかがやきました。

「とにかく、なにかが起《お》きているんだ。レイナ、ここは、おたがい、がんばりどころだぞ」

ミカエルは、そういうと、のしのしと、路地《ろじ》のうらへ、歩《ある》いていきます。

「ミカエル！　ご飯《はん》は？　なにも食《た》べてないんじゃない？」

「心配《しんぱい》するな。でも、念《ねん》のために、レイナの部屋《へや》の窓《まど》に、かんづめをおいといてくれ。夜中《よなか》でも、帰《かえ》れたら、食《た》べるから」

ふりかえりもせず、そういうと、白《しろ》い体《からだ》は、闇《やみ》のなかにとけていきました。

お店《みせ》に帰《かえ》ったレイナが、子犬《こいぬ》たちをケージにもどし、えさとお水《みず》をあげると、夕飯《ゆうはん》の時間《じかん》になりました。

今日《きょう》のおかずは、レイナの大好《だいす》きなハンバーグです。でも、レイナは、ミカエルのいったことや、杏奈《あんな》や有紗《ありさ》、そしてパトリックのことが気《き》になって、なかなか味《あじ》わって食《た》べられませんでした。

「レイナ、どうしたの？　元気《げんき》がないけど、風邪《かぜ》でもひいたの？」

テーブルのむこうから、エリカ夫人《ふじん》が心配《しんぱい》そうに見《み》つめています。

「ううん、そうじゃないけど……」

「犬《いぬ》のさんぽでおつかれになったのでしょう」

チェンバレンが、気《き》づかうように、口《くち》をはさみました。

「子犬《こいぬ》とはいえ、大型犬《おおがたけん》を四頭《とう》も連《つ》れてのさんぽは、レイナさまにはたいへんですからなぁ。明日《あした》とあさって、犬《いぬ》のさんぽは、わたしがしましょう」

レイナはびっくりしました。できることなら、学校《がっこう》から帰《かえ》ってきたら、すぐに山田《やまだ》バレエ団《だん》へようすを見《み》にいきたいと考《かんが》えていたからです。

「ほんとにいいの？」

「もちろんですとも。それにあさっての土曜《どよう》は、朝《あさ》から、バレエの公演《こうえん》に出演《しゅつえん》なさるおともだちを、応援《おうえん》にいかれるとおっしゃっていませんでしたか？」

（そんなこと、いってないのに……。どうして？）

あっけにとられるレイナをよそに、チェンバレンは、さっさと話《はなし》を進《すす》めていきます。

「こうしましょう。土曜《どよう》と日曜《にちよう》のさんぽはわたしとチアーズですると。それ以《い》外《がい》の日《ひ》も、宿題《しゅくだい》などでいそがしいときは、えんりょなくおっしゃってください」

それを聞《き》いて、エリカ夫人《ふじん》は、にっこりとしました。

「まあ、ありがとう！　レイナ、よかったわね」

「うん……。ほんとにありがとう……」

レイナはそういうと、席《せき》を立《た》ちました。

「ごちそうさま。今日《きょう》は宿題《しゅくだい》がいっぱいあるから、お部屋《へや》にいくね」

レイナは、食器《しょっき》をかたづけ、二階《かい》の自分《じぶん》の部屋《へや》にはいりました。そして、ベッドに腰《こし》をおろすと、考《かんが》えこみました。

（チェンバレン、なにか知《し》ってるのかな？）

思《おも》い返《かえ》してみれば、バーベナの花《はな》をくれたのもチェンバレンです。

（でも、ただのかざりだっていってた。バーベナの花《はな》がひらくと、妖精《ようせい》が近《ちか》づいたしるしだなんて、いわなかった……）

それを知《し》らなければ、レイナにとっては、妖精除《ようせいよ》けではなく、ただのかわいいお花《はな》です。

（だけど、あたしが山田《やまだ》バレエ団《だん》にいきたがっていることも、気《き》づいているみたいだし。……まさか、もしかして、ミカエルのことも知《し》っている？）

ミカエルといっしょなら、バーベナの花《はな》がどんな意味《いみ》をもっているか、ミカエルに教《おし》えてもらえます。だから説明《せつめい》しなかったのかもしれません。

（そういえば、キャットフードだって、やけにてまわしがよかった……）

コンコン

だれかがドアをノックしています。レイナはあわてて、机《つくえ》にむかうと、ノートを広《ひろ》げて、宿題《しゅくだい》をやっているふりをしました。

「どうぞ」

ひらいたドアから、あらわれたのは、チェンバレンでした。

「お勉強中《べんきょうちゅう》、失礼《しつれい》します。美貴《みき》さんにさしあげるキャットフードを、おもちしました。まだまだたくさんありますので、ごえんりょなく」

チェンバレンは、床《ゆか》にかんづめをおくと、出《で》ていこうとしました。

「待《ま》って、チェンバレン。ちょっとお話《はな》したいことがあるの」

「なんでしょうか」

チェンバレンは、レイナの部屋《へや》に入《はい》ってくると、ドアをしめました。

「チェンバレン、あなた、いろいろ知《し》ってるんじゃない？」

「知《し》っている？　なにをでございますか」

チェンバレンは、きょとんとしています。でも、レイナには、なんだかわざとらしく感《かん》じられてなりません。

「いま、あたしのまわりで起《お》きていることよ。得《え》たいのしれない妖精《ようせい》があらわれたこととか、ミカエルが……」

「ああ、それ以上《いじょう》はおっしゃらないように！」

チェンバレンの顔《かお》が、急《きゅう》に、きりっとひきしまりました。

「わたしは、レイモンド伯爵《はくしゃく》さまにおつかえする身《み》。すべてを聞《き》いたうえで、キャットフードをおわたしすれば、伯《はく》爵《しゃく》さまにも、ひいては、国王《こくおう》さまにも、そむいたことになってしまいます」

チェンバレンはそういうと、また、にっこりとわらいました。

「これは、美貴《みき》さんが飼《か》っているネコのためのもの。よいですな」

「チェンバレン……」

やっぱりです。いつからかはわかり

ませんが、チェンバレンは、すべて知《し》っているのです。ミカエルが人間《にんげん》の世界《せかい》に来《き》ていること、ネコの姿《すがた》でしかいられないこと、そして、レイナのもとへ、やってくること。

でも、それは、自分《じぶん》は知《し》らないことにする、そういっているのでした。知《し》らなければ、いくらキャットフードをあげても、ミカエルを助《たす》けたことにも、つまり、国王《こくおう》さまに誤解《ごかい》をうけるようなことをするなという、伯爵《はくしゃく》の命令《めいれい》を無視《むし》したことになりません。

レイナは、胸《むね》がいっぱいになりました。

「あ、それから、妖精《ようせい》のことをおっしゃいましたな。見《み》たところ、防犯《ぼうはん》ブザーのバーベナの花《はな》がひらいてしまったようです。すぐに、とりかえましょう。ああ、それから妖精《ようせい》ついでに、もうひとつ」

チェンバレンがいうのと同時《どうじ》に、ドアがかちゃっとひらきました。小《ちい》さく頭《あたま》をさげて入《はい》ってきたのは、チアーズです。

「ちょうどできたところでございます」

チアーズは、ささやきながら、チェンバレンに半透明《はんとうめい》で六角形《ろっかっけい》の、石《いし》のようにも、ガラスのようにも見《み》える、小《ちい》さなものをさしだしています。

「ごくろう。できばえはどうかな？」

受《う》けとったチェンバレンは、それを天井《てんじょう》の灯《あか》りにかかげました。

「ほう。これはいい。ごらんください、レイナさま。これは水晶《すいしょう》です」

チェンバレンの指《ゆび》の間《あいだ》で、蛍光灯《けいこうとう》の光《ひかり》をうけて、白《しろ》くかがやいています。

「でも、ただの水晶《すいしょう》ではありません。『ウルフ・クリスタル』です」

「ウルフ・クリスタル？」

聞《き》きなれない言葉《ことば》に、レイナは、首《くび》をかしげました。

「はい。ほら、水晶《すいしょう》のなかにほそい毛《け》が一本《ぽん》、まじっているでしょう?」

いわれて、目《め》をこらしてみると、なるほど、六角形《ろっかっけい》の半透明《はんとうめい》の水晶《すいしょう》のなかに、わずか二センチほどの毛《け》が入《はい》っています。

「それは、『オオカミのまゆ毛《げ》』です」

「『オオカミ』って、森《もり》にいて、人《ひと》や動物《どうぶつ》をおそう、あの『オオカミ』?」

チェンバレンがわらいました。うしろでチアーズもくすくすわらっています。

「ほんもののオオカミのまゆ毛《げ》ではありません。そういう名前《なまえ》がついているだけです。あの水晶《すいしょう》は、特別《とくべつ》な作《つく》り方《かた》をしておりましてな。ええと……」

チェンバレンが言葉《ことば》につまると、チアーズが口《くち》をひらきました。

「水晶《すいしょう》を二週間《しゅうかん》、一番《ばん》しぼりのオリーブオイルにつけたのち、聖水《せいすい》で洗《あら》い清《きよ》め、それからハシバミの枝《えだ》をもやした煙《けむり》でいぶします。それから、真東《まひがし》の方角《ほうがく》でつんだ、バラとマリーゴールドの花《はな》の溶液《ようえき》に三日《みっか》ひたし、さらに……」

「もうよい、チアーズ」

チェンバレンは、チアーズをさえぎりました。

「とにかく、そうしていくうちに、水晶《すいしょう》のなかにほそい毛《け》があらわれます。これをなぜ『オオカミのまゆ毛《げ》』と呼《よ》ぶかといいますと、オオカミのまゆ毛《げ》には、よい妖精《ようせい》とわるい妖精真実《ようせいしんじつ》を見通《みとお》す力《ちから》があると、言《い》い伝《つた》えられているからで」

「よい妖精《ようせい》とわるい妖精《ようせい》を見分《みわ》ける？」

「はい。この『ウルフ・クリスタル』は、よい妖精《ようせい》かわるい妖精《ようせい》か見分《みわ》けます。

それどころか、わるい妖精《ようせい》を、動《うご》けなくさせる力《ちから》まで、そなわっています」

「つまり、強力《きょうりょく》な妖精除《ようせいよ》けだと思《おも》ってください」

チアーズが、おだやかな声《こえ》でいいました。

「『ウルフ・クリスタル』は、わるい妖精《ようせい》のまえでは、ぼんやりと赤《あか》くかがやきます。もし、わるい妖精《ようせい》をかなしばりにかけたいときには、こう呪文《じゅもん》を唱《とな》えてください。『サライム・エッサイム・テトラグラマトン！』」

「う、うん、それはわかったけど。でも、どうして、それをあたしに？」

けれども、ふたりはそれ以上《いじょう》、なにもいいませんでした。チェンバレンは、六角形《ろっかっけい》の『ウルフ・クリスタル』と、花《はな》のつぼみのついたバーベナを、レイナに手渡《てわた》すと、チアーズをうながして、部屋《へや》を出《で》ていこうとします。

「ちょっと待《ま》ってよ。ねえ、これをつかって、どうしろというの？」

レイナがドアにかけよると、チェンバレンが、足《あし》を止《と》めました。

「レイナさま、『ウルフ・クリスタル』の効《き》きめは強力《きょうりょく》なものです。つかい方《かた》をまちがえれば、妖精《ようせい》たちを敵《てき》にまわすことになります。ですから、どうか、正《ただ》しくおつかいくださいますよう」

チェンバレンとチアーズは、深々《ふかぶか》と頭《あたま》をさげて、出《で》ていきました。

レイナは、しまったドアを、しばらくのあいだ、見《み》つめていました。

(チェンバレンたち、ミカエルのことだけじゃなくて、パックのことも知《し》っているのかも)

でも、この『ウルフ・クリスタル』を作《つく》るには、たっぷり二週間以上《しゅうかんいじょう》、かかります。パックがきたのは、ほんの二日《ふつか》まえのことです。

(じゃあ、もしものときのために、まえから準備《じゅんび》していてくれたんだ……)

ふたりは、きっと、レイモンド伯爵《はくしゃく》にかくれて、ひそかにレイナのことを心《しん》配《ぱい》していたのでしょう。ふたりとも、いつもレイナをおうえんしてくれていることはわかっていましたが、ここまでとは、思《おも》いませんでした。

「チェンバレン、チアーズ、ありがとう。だいじょうぶ、正《ただ》しくつかうから。人間《にんげん》と妖精《ようせい》がなかよくくらせるように」

レイナは、ドアにむかって、つぶやきました。

つぎの日《ひ》、学校《がっこう》から帰《かえ》ると、レイナはすぐに出《で》かける用意《ようい》をしました。防犯《ぼうはん》ブザーに、つぼみのついたバーベナを結《むす》びつけ、ポケットには、『ウルフ・クリスタル』をしのばせました。

「じゃあ、出《で》かけてくるね」

レイナがお店《みせ》を出《で》ようとすると、奥《おく》から、チェンバレンの声《こえ》がしました。

「いってらっしゃいませ。犬《いぬ》のさんぽは、おまかせを！」

（チェンバレン、ありがと！）

心《こころ》の中《なか》でお礼《れい》をいうと、レイナは、お店《みせ》をとびだしました。

大通《おおどお》りに出《で》たところで、レイナは、ふと、足《あし》を止《と》めました。

（電車《でんしゃ》にのろうかな。それとも、歩《ある》いていこうかな）

山田《やまだ》バレエ団《だん》は、となりの駅《えき》の近《ちか》くにあります。ふつうなら、電車《でんしゃ》にのる方《ほう》が早《はや》いに決《き》まっています。

（でも、『かけっこ魔法《まほう》』をつかえば、ずっと早《はや》いよ。電車代《でんしゃだい》もいらないし）

ただし、小《しょう》四の女《おんな》の子《こ》とは思《おも》えない、ものすごいスピードで走《はし》るので、みんなにびっくりされること、そして、人通《ひとどお》りや車《くるま》の多《おお》いところでは、あぶないことが、こまりものです。

（そういえば、裏道《うらみち》があったよね。あそこなら交通量《こうつうりょう》も多《おお》くないし……）

レイナは『かけっこ魔法《まほう》』を、つかうことに決《き》めました。まず、大通《おおどお》りからほそい路地《ろじ》に入《はい》ります。そして、まわりにだれもいないことをたしかめると、すっと右手《みぎて》をあげました。

「サライム・エッサイム・ラピダ……」

「レイナちゃーん！」

遠《とお》くで名前《なまえ》をよばれて、レイナはあわてて、右手《みぎて》をさげました。

「美貴《みき》ちゃん！」

（いま、魔法《まほう》をかけようとしたところ、見《み》られたかな……）

でも、走《はし》ってくる美貴《みき》の表情《ひょうじょう》は、ふしぎそうとか、なにか聞《き》きたそうとか、そんな感《かん》じはありません。ひきつった顔《かお》で、息《いき》をはずませています。

（どうやら、見《み》られてはいないみたい）

レイナが胸《むね》をなでおろしていると、美貴《みき》がようやく追《お》いついてきました。

「た、たいへんなんだよ、レイナちゃん！」

美貴《みき》は、レイナの肩《かた》に手《て》をおいて、ぜいぜいいっています。

「どうしたの、そんなにあわてて」

「どうもこうもないよ。消《き》えたのよ！」

美貴《みき》は、ごくりとつばをのむと、顔《かお》をあげました。

「パトリックさんと杏奈《あんな》さんだよ」

「なんですって！」

レイナはとびあがりました。

「いったい、どうして？　消《き》えたっていつ？　ふたり、いっしょに消《き》えたの？」

「そんなにいっぺんに聞《き》かないでよ。とにかく山田《やまだ》バレエ団《だん》にいこ！　いま、バレエ団《だん》は大《おお》さわぎらしいから。くわしいことは、とちゅうで話《はな》すよ」

「そ、そうだね」

ふたりは、駅《えき》へむかって、早歩《はやある》きで進《すす》みはじめました。そのあいだに、美貴《みき》が話《はな》したのは、つぎのようなことでした。

今日《きょう》から、本格的《ほんかくてき》なおけいこがはじまるので、ソリストレベルの人《ひと》たちは、朝《あさ》からバレエ団《だん》に集《あつ》まることになっていました。中学生《ちゅうがくせい》や高校生《こうこうせい》のダンサーたちも、学校《がっこう》の授業《じゅぎょう》を休《やす》むことになっていたそうです。

「パトリックさんと杏奈《あんな》さんも、バレエ団《だん》には来《き》たらしいんだけど……」

ふたりが、小《ちい》さなスタジオで、いっしょに練習《れんしゅう》をしているところを、何人《なんにん》もの人《ひと》が見《み》たそうです。

「ところが、しばらくして、スタジオをのぞいてみたら、ふたりの姿《すがた》がなかったんだって」

はじめは、休憩《きゅうけい》のために、ふたりでどこかへでかけたのだろうと思《おも》っていたそうです。ところが、いつまでたってももどってきません。さすがにおかしいと思《おも》った山田先生《やまだせんせい》が、みんなに、ふたりをさがすように命《めい》じたそうです。

「でも、ぜんぜん見《み》つからなくて。で、山田先生《やまだせんせい》が、パトリックさんと杏奈《あんな》さんのお家《うち》に、電話《でんわ》をかけたの。そうしたら、それぞれのお部屋《へや》に、置《お》き手紙《てがみ》みたいなものがあったんだって」

杏奈《あんな》の部屋《へや》にあった置《お》き手紙《てがみ》には、こう書《か》いてあったそうです。

『やっぱり、わたしにはチョコレートの精《せい》の役《やく》は無理《むり》みたい。でも、そのことを山田先生《やまだせんせい》にいう勇気《ゆうき》がない。わたしなんか、いなくなったほうがいいのかも。あたしのぶんは、有紗《ありさ》さんが踊《おど》ればすむ。もともとその予定《よてい》だったんだし』

レイナは、びっくりしました。

「で、パトリックさんの置《お》き手紙《てがみ》っていうのは？」

「『杏奈《あんな》が自信《じしん》をうしなっているみたいで心配《しんぱい》だ。しばらくそばについてあげたいから、今日《きょう》はおそくなるかもしれない』って、そんな内容《ないよう》だったらしいよ」

美貴《みき》は、このことを、杏奈《あんな》のおばさんの、合唱団《がっしょうだん》の先生《せんせい》から聞《き》いたそうです。

「ほら、杏奈《あんな》さんのお家《うち》、あたしの家《いえ》の近《ちか》くでしょ。だから、ようすを見《み》てきてもらえないかって。杏奈《あんな》さんのママ、ものすごく心配《しんぱい》してた……」

そういう美貴《みき》も、とても不安《ふあん》そうな顔《かお》で、電車《でんしゃ》にのりこみました。

でも、電車《でんしゃ》のなかで、レイナは、別《べつ》のことを考《かんが》えていました。

(きのうの公園《こうえん》でのことが、関係《かんけい》あるのかも……。あのとき、バーベナの花《はな》がひらいたんだよね……)

バーベナの花《はな》は、近《ちか》くに妖精《ようせい》がいるときにひらくものだと、ミカエルがいっていました。でも、同時《どうじ》に、ミカエルは、パックをさがしたけれども、どこにもいなかったと、いっていました。

『たしかに、レイナのそばに、妖精《ようせい》がいたんだ。有紗《ありさ》か、杏奈《あんな》か、それとも、両方《りょうほう》ともか……』

(だけど、杏奈《あんな》が妖精《ようせい》とは、どうしても思《おも》えないよ。なぜだろう?)

レイナは考《かんが》えてみました。

すると、杏奈《あんな》が、子犬《こいぬ》たちをなでている姿《すがた》が、目《め》にうかびました。

（あの犬《いぬ》たち、最初《さいしょ》から、杏奈《あんな》さんになついたんだよね）

だからといって、杏奈《あんな》が妖精《ようせい》ではないという証拠《しょうこ》にはなりません。パックは、犬《いぬ》がたくさんいるレイナの家《いえ》にしのびこんできました。部屋《へや》の窓《まど》べにおいた、妖精除《ようせいよ》けの『妖精丘《ようせいきゅう》の猟犬《りょうけん》』のぬいぐるみを見《み》ても、平気《へいき》でした。

『つまり、ぼくは、いい妖精《ようせい》！　妖精除《ようせいよ》けは、ききません！』

（ほんとにいい妖精《ようせい》かどうかは、わからないけど、でも『妖精丘《ようせいきゅう》の猟犬《りょうけん》』は、妖精除《ようせいよ》けになるんだよ。とすると……）

有紗《ありさ》は、レイナがさんぽをさせていた子犬《こいぬ》たちを、ものすごくいやがりました。それも一度《ど》ではありません。はじめてあったときも、おそろしがって、ころんでしまったほどです。

（ってことは、有紗《ありさ》さんが妖精《ようせい》……）

有紗《ありさ》さんは、イギリスから来《き》たといっていました。レイナも、イギリスのスコットランドというところの、深《ふか》い森《もり》のなかに住《す》んでいました。

パトリックもイギリスからの留学生《りゅうがくせい》です。でも、パトリックは、杏奈《あんな》と同《おな》じように、犬《いぬ》をとてもかわいがってくれたし、犬《いぬ》たちもなついていました。

（やっぱり、有紗《ありさ》さんがあやしいよ。イギリスのどこから来《き》たとはいっていなかったけど、もしかしたら、妖精《ようせい》が住《す》む森《もり》から来《き》たのかも……）

「レイナちゃん、レイナちゃん……」

はっと顔《かお》をあげると、美貴《みき》が、レイナの肩《かた》をつかんでゆさぶっています。

「着《つ》いたよ。おりなくちゃ！」

見《み》ると、電車《でんしゃ》がとまって、ドアがひらいたところでした。

レイナは、美貴《みき》のあとにつづいて、あわてておりました。

改札口《かいさつぐち》に向《む》かうレイナを、美貴《みき》がふしぎそうに、のぞきこんでいます。

「どうしたの、レイナちゃん。急《きゅう》に、考《かんが》えこんじゃって」

「ううん、なんでもない。ただ、ふたりのことが、心配《しんぱい》なだけ……」

でも、レイナの「心配《しんぱい》」はそれだけではありません。

(ふたりが消《き》えた原因《げんいん》には、有紗《ありさ》さんがかかわっているかもしれない……)

レイナは、胸《むね》ポケットからはみだした、バーベナのつぼみを見《み》ました。

(もし、有紗《ありさ》さんのまえで、花《はな》がひらいたら……)

レイナは、スカートのポケットにいれた『ウルフ・クリスタル』を、ぎゅっとにぎりしめました。

7. 踊《おど》りに秘《ひ》められた力《ちから》

「まず、山田先生《やまだせんせい》のところにいこう。合唱団《がっしょうだん》の先生《せんせい》も、そこにいるんだって。杏奈《あんな》さんのおうちのようすを、聞《き》かせてほしいっていわれてるから」

美貴《みき》は、そういいながら、山田《やまだ》バレエ団《だん》のドアをあけました。

そのとたん、美貴《みき》もレイナも、なんだか異様《いよう》なふんいきがただよっているのに、気《き》づきました。

ロビーやろうかには、何人《なんにん》ものダンサーたちがいます。ほとんどが中学生《ちゅうがくせい》や高《こう》校生《こうせい》の女《おんな》の子《こ》のようです。みんな心配《しんぱい》そうな表情《ひょうじょう》で、聞《き》こえないぐらい小《ち》さな声《こえ》で、ひそひそと話《はなし》をしているばかりです。

その目《め》は、ちらちらとろうかの奥《おく》にむけられていました。そして、そこからは、かろやかなオーケストラの音楽《おんがく》が、流《なが》れてきます。

「どうしたのかしら……」

レイナと美貴《みき》が顔《かお》を見合《みあ》わせたとき、とつぜん、ぷつりとオーケストラの音《おと》がとぎれました。そして、女《おんな》の子《こ》のするどい声《こえ》が、とんできました。

「ちがうでしょ、国枝《くにえだ》くん！　フリッツの踊《おど》りのことはわすれて。あなたはいま、チョコレートの精《せい》なのよ！」

有紗《ありさ》の声《こえ》です。

すると、その場《ば》にいた中学生《ちゅうがくせい》や高校生《こうこうせい》らしいダンサーたちが、いっせいに顔《かお》をしかめました。

「いったいどういうつもり？　こんなときに、よく練習《れんしゅう》ができるわよね」

「杏奈《あんな》ちゃんとパトリックのペアのぶんも、踊《おど》ることになったから、はりきってるのよ」

「やっぱり、ふたりがいなくなったの、有紗《ありさ》さんに関係《かんけい》があるんじゃない？」

それを聞《き》くと、レイナは、ろうかの奥《おく》にむかって走《はし》りました。

「レイナちゃん、どこいくの？」

美貴《みき》の声《こえ》が追《お》いかけてきました。

「美貴《みき》ちゃん、先《さき》にいってて。あたし、ちょっと見《み》てくる」

（たしかめなくちゃ。有紗《ありさ》さんが、妖精《ようせい》なのかどうか。まず、そこからよ）

ろうかの奥《おく》にも、四、五人《にん》のバレリーナたちが、かたまっていました。みんな、ひたいにシワをよせて、ドアのなかをのぞきこんでいます。

レイナも、そこにくわわりました。

「ちがうちがう、もっとステップをかろやかに！」

しかられているのが、国枝《くにえだ》くんという男《おとこ》の子《こ》なのでしょう。小六《しょう》にしてはとても背《せ》が高《たか》くて、スマートですが、中三《ちゅう》の有紗《ありさ》に比《くら》べると、やっぱり顔《かお》にはあどけなさが残《のこ》っています。

でも、年下《としした》のダンサーを、有紗《ありさ》は容赦《ようしゃ》なくしかりつけていました。

「もっと高《たか》くジャンプできないの？　ああ、それじゃだめ！　わんぱく坊主《ぼうず》のフリッツとちがうの。あなたは人間《にんげん》ではないの。チョコレートの精《せい》らしく、もっとやわらかく、ふわっと！」

レイナのまえで、同《おな》じ年《とし》くらいの女《おんな》の子《こ》たちが、ささやきあいました。

「杏奈《あんな》ちゃんも、あんな調子《ちょうし》で、責《せ》められたんだろうね」

「あんなもんじゃないでしょ。『あたしのじゃまをする人《ひと》は消《き》えて』とか、いわれたんじゃない？」

「杏奈《あんな》ちゃん、やさしいから、そんなこといわれたら、逃《に》げ出《だ》したくなるよ」

レイナは、胸《むね》ポケットに目《め》を落《お》としました。

防犯《ぼうはん》ベルからのびたひもがのぞいています。

その先《さき》のバーベナのつぼみを見《み》て、
レイナは息《いき》をのみました。

（ひらいてる！）

バーベナの花《はな》は、小《ちい》さな赤《あか》い花《はな》を
咲《さ》かせていました。

（やっぱり、有紗《ありさ》さんは人間《にんげん》じゃなかった。妖精《ようせい》だったのよ！）

レイナはショックでした。情《なさ》けない思《おも》いが、胸《むね》の中《なか》にひろがっていきます。

（有紗《ありさ》さんには、なんどもあっているのに、少《すこ》しも気《き》づかなかったなんて）

でも、そんなことをいってる場合《ばあい》ではありません。有紗《ありさ》が妖精《ようせい》なら、杏奈《あんな》とパトリックが消《き》えたことに、なにかつながりがあるのでしょう。とにかく、話《はなし》だけでもしなくてはなりません。

（いや、そのまえに、たしかめなくちゃ……）

レイナは、スカートのポケットに手《て》を入《い》れました。指《ゆび》の先《さき》に、冷《つめ》たい石《いし》の感《かん》触《しょく》があります。レイナは、それを、そっととりだしながら、チアーズの言葉《ことば》を思《おも》い出《だ》しました。

『「ウルフ・クリスタル」は、わるい妖精《ようせい》のまえでは、ぼんやりと赤《あか》くかがやきます』。（もし、赤《あか》くかがやいたら……）

『わるい妖精《ようせい》をかなしばりにかけたいときには、こう呪文《じゅもん》を唱《とな》えてください。

「サライム・エッサイム・テトラグラマトン！」』。

（でも、こんなところで、呪文《じゅもん》を唱《とな》えるわけにはいかないし……）

そのときです。レイナはいきなり肩《かた》をつかまれました。

「ちょっと、なにやってんのよ！」

目《め》のまえに有紗《ありさ》の顔《かお》がありました。気《き》がつくと、まわりにはだれもいません。

「あ、いや、その……」

大《おお》きな目《め》でにらまれて、レイナは言葉《ことば》につまりました。

「あなたも、いやみをいいにきたの？　でも、あなた、山田《やまだ》バレエ団《だん》に、なんの関係《かんけい》もないでしょ。だいたい、なんでここまで入《はい》ってこら……」

有紗《ありさ》が、身《み》をかたくしました。その目《め》は、レイナの右手《みぎて》に注《そそ》がれています。レイナがにぎった『ウルフ・クリスタル』に。

「あなた、いったい何者《なにもの》？」

有紗《ありさ》は、いきなりレイナのうでをつかみました。

「ここで話《はなし》はできないわね。ちょっとこっちへきて！」

有紗《ありさ》は、スタジオの中《なか》にむかって「ちょっと休憩《きゅうけい》！」と、どなると、ろうかの奥《おく》へレイナをひきずっていきました。

　そのあまりの力強《ちからづよ》さに、レイナは、抵抗《ていこう》すらできません。そのまま、『非常《ひじょう》口《ぐち》』と書《か》かれたドアの外《そと》へ、連《つ》れ出《だ》されてしまいました。

「さあ、どういうことか、聞《き》かせてもらいましょうか！　どうして『ウルフ・クリスタル』なんか、持《も》ってるの！　あたしをかなしばりにかける気《き》？　そん

なことしたら、どうなるか、わかってるの？」

有紗《ありさ》は、さすような目《め》で、レイナをにらみつづけています。

「妖精狩《ようせいが》りをした人間《にんげん》は、妖精《ようせい》の女王《じょおう》の手《て》で、ひどい目《め》にあわされるのよ。まして、いい妖精《ようせい》だとわかっていながら、そんなことしたら、まちがいなく、命《いのち》を落《お》とすんだから！」

（え？　いい妖精《ようせい》？）

レイナは、あわてて、『ウルフ・クリスタル』に目《め》をやりました。

「光《ひか》ってない！　赤《あか》く光《ひか》ってない！」

『ウルフ・クリスタル』は、半透明《はんとうめい》のままです。

「有紗《ありさ》さん、あなたは、わるい妖精《ようせい》じゃないんですね。よかった……」

レイナはほっとしました。

「あたし、有紗《ありさ》さんがわるい妖精《ようせい》で、黒魔法《くろまほう》で、パトリックさんと杏奈《あんな》さんを消《け》したのかもって、うたがっていたんです。ごめんなさい」

すなおにあやまるレイナに、こんどは、有紗《ありさ》が目《め》をまるくしました。

「ちょっと、あなた。いったい、なんの話《はなし》？」

レイナをつかんだ手《て》から、力《ちから》がすっとぬけました。それと同時《どうじ》に、レイナののどの奥《おく》でひっかかっていた言葉《ことば》が、流《なが》れ出《で》ました。

「あたし、マジカル王国《おうこく》のレイナといいます。ずっと人間《にんげん》の国《くに》に住《す》んでいるんですけれど……」

それから、レイナは、いままでのことを、話《はな》しました。

人間《にんげん》の世界《せかい》にきたわけ、セリカさんのこと、妖精《ようせい》の女王《じょおう》から、つぎの国王《こくおう》になるのは自分《じぶん》だといわれて、とまどっていること……。

有紗《ありさ》はだまって聞《き》いていました。が、話《はな》せば話《はな》すほど、ただでさえ大《おお》きな目《め》が、ますます大《おお》きくなっていきます。

やがて、レイナが話《はな》しおえると、有紗《ありさ》は、信《しん》じられないというように、首《くび》をふりました。

「あなたが、あのレイモンド伯爵《はくしゃく》の娘《むすめ》だったとは……。それを知《し》っていれば、人間《にんげん》の世界《せかい》に来《き》たときすぐ、あなたのもとへいったのに」

「どういうことですか？」

「あたしは、妖精《ようせい》リリア族《ぞく》の娘《むすめ》アリサ。人間《にんげん》らしく、『有紗《ありさ》』という漢字《かんじ》をあてはめただけ」

（リリア族《ぞく》？　どこかで聞《き》いたことがある名前《なまえ》だけど……）

すると、有紗《ありさ》が静《しず》かに口《くち》をひらきました。

「偉大《いだい》なる七人《にん》のエルフの姉妹《しまい》よ、その名《な》は、リリア、レスティリア、フォーカ、フォーラ、フリア、フリカ、そして、ベヌリア……」

レイナはとびあがりました。

「そ、それは、ブッカ・ドゥーが唱《とな》えた呪文《じゅもん》！」

そうです。このあいだ、レイナの同級生《どうきゅうせい》にとりついた、妖精《ようせい》ブッカ・ドゥーが、レイナの命《いのち》をうばおうとしたとき、最初《さいしょ》に、そうつぶやいたのです。

真《ま》っ青《さお》な顔《かお》のレイナに、有紗《ありさ》は、ふっとわらいました。

「だいじょうぶ、あなたにはなにもしやしないわ。妖精《ようせい》の女王《じょおう》が、つぎのマジカル国王《こくおう》にと指名《しめい》したんですもの」

「で、でも、それは呪《のろ》いの呪文《じゅもん》なんじゃ……」

「ええ、あたしの先祖《せんぞ》は、妖精族《ようせいぞく》のなかでも、特《とく》に力《ちから》の強《つよ》い、七人《にん》のエルフのひとりだったわ。でも、それは遠《とお》い昔《むかし》の話《はなし》」

いまのリリア族《ぞく》は、ごくふつうの妖精族《ようせいぞく》のひとつで、妖精《ようせい》の女王《じょおう》に忠誠《ちゅうせい》をちかっているのだと、有紗《ありさ》はいいました。

「だから、あなたがあのレイナだと、もっと早《はや》くわかっていたら、あなたのところへあいさつにいこうと思《おも》ってたの。でも……」

有紗《ありさ》は、きっと目《め》をつりあげました。

「いまとなっては、そんな気持《きも》ちも失《う》せたわ。人間《にんげん》がこんなにもかんたんにうらぎるものだとは、思《おも》いもしなかったもの。あたし、あなたの気持《きも》ちがわからない。人間《にんげん》と妖精《ようせい》が、信《しん》じあえるようにするなんて、無理《むり》よ」

「どうして、そんなことをいうんですか?」

「どうしてですって? そんなの、パトリックをみればわかるじゃない!」

（有紗《ありさ》さん、パトリックさんに、うらぎられたと思《おも》ってるんだ。いったい、ふたりのあいだになにがあったんだろ……）

レイナは、思《おも》い切《き》って、聞《き》いてみることにしました。

「あ、あの、もしよかったら、あなたたちの関係《かんけい》をお話《はな》してくれませんか」

「ええ、むかしは、どんなにすてきだったか、きかせてあげるわ！」

有紗《ありさ》は、はきすてるようにいいました。

「あなた、イギリスの北《きた》アイルランドって知ってる？」

知ってます。レイナが住《す》んでいたスコットランドの北《きた》にあたります。

「パトリックは、そこの小《ちい》さな田舎町《いなかまち》の人《ひと》よ。バレエが大好《だいす》きで、たった一軒《けん》だけのバレエスタジオで、いっしょうけんめいに踊《おど》っていたわ。レッスンがない日は、森《もり》で、練習《れんしゅう》もしてた。たったひとりでね」

男《おとこ》の子《こ》といえば、たいていサッカー選手《せんしゅ》を夢見《ゆめみ》る国《くに》。パトリックは、ひやかされないように、人《ひと》のいない森《もり》へ出《で》かけていたのだそうです。

「そこは、リリア族《ぞく》の住《す》む森《もり》でね。あたし、純粋《じゅんすい》にバレエにうちこむパトリックを見《み》て、とても感動《かんどう》したわ。いっしょに踊《おど》りたいとも思《おも》った……」

そんなとき、山田《やまだ》バレエ団《だん》が、海外公演《かいがいこうえん》で、北《きた》アイルランドを訪《おとず》れたのだそうです。パトリックは、地元《じもと》のダンサーとして、その公演《こうえん》に参加《さんか》し、山田先生《やまだせんせい》に素質《そしつ》をみこまれて、日本《にほん》への留学《りゅうがく》をすすめられました。

「もうパトリックの踊《おど》りが見《み》られなくなると思《おも》って、あたしは、あせった。それで、日本人《にほんじん》の女《おんな》の子《こ》に変身《へんしん》して、日本語《にほんご》をおしえてあげるといって、パトリックに近《ちか》づいたの。それぐらい、エルフには簡単《かんたん》なことよ」

ふたりは、すぐになかよくなりました。そして、先《さき》に日本《にほん》へいったパトリックを追《お》うようにして、有紗《ありさ》は、日本《にほん》にやってきました。

「ほんとうはいっしょにいきたかった。でも、あたしのパパとママが、なかなかゆるしてくれなくて。あなたも知《し》ってのとおり、人間《にんげん》は妖精《ようせい》のすむ森《もり》を切《き》りひらいて住《す》めなくしたり、なかには妖精狩《ようせいが》りをする人《ひと》もいるから」

ところが、そんな両親《りょうしん》を、妖精《ようせい》の女王《じょおう》が説得《せっとく》してくれたそうです。

『これからは、人間《にんげん》と妖精《ようせい》がなかよくくらす時代《じだい》になる。マジカル王国《おうこく》にも、もうすぐ、そういう考《かんが》えの王《おう》が生《う》まれる。だから、アリサが、いまから人間《にんげん》の世界《せかい》で、人間《にんげん》となかよくくらすのは、とてもいいことだ』。

なるほど、と、レイナは思《おも》いました。それなら、もっと早《はや》くレイナにあいたかったと、いった意味《いみ》もわかります。

「でも、それも、とんだ思《おも》いちがいだった。ちょっとかわいい女《おんな》の子《こ》にいいよられたぐらいで、あっさりと気《き》が変《か》わっちゃうだもの。人間《にんげん》なんて、そんなものなのね。あきれるわ！」

有紗《ありさ》は、顔《かお》を真《ま》っ赤《か》にしてくやしがっています。

「だから、思《おも》いっきり人間《にんげん》たちにいじわるしてやろうと思《おも》ってる。魔法《まほう》をつかって、ものすごい踊《おど》りを見《み》せつけるのよ。『たのむからここにのこって、踊《おど》りつづけてくれ』、『ぼくとぜひ共演《きょうえん》してください』って、いわせるぐらいね。そして、いってやるの。こんな下手《へた》な人《ひと》たちとは踊《おど》れないって。二度《ど》と踊《おど》る気《き》をなくすぐらい、自信《じしん》をなくしてやるのよ！」

「ちょっとまってください！」

レイナは、あわてて、有紗《ありさ》をさえぎりました。

「パトリックさんは、有紗《ありさ》さんをうらぎったわけじゃないと思《おも》います。それはたぶん、妖精《ようせい》パックのしわざです」

有紗《ありさ》が、ぎょっとして、レイナをふりかえりました。

「なんですって？」

「そうなんです。そういいきれるまでの自信《じしん》はありませんけれど、でも……」

レイナは、妖精《ようせい》パックが、とつぜんあらわれたところから話《はなし》をしました。

「じゃあ、『恋《こい》の薬《くすり》』をかけられたパトリックを、杏奈《あんな》が見《み》つめたから……」

「はい、たぶん、そうだと思《おも》います」

「でも、パックは、なぜそんないたずらを……」

「いたずらではない」

とつぜん、足《あし》もとから、かんだかい声《こえ》がしました。

声《こえ》のした方《ほう》を見《み》ると、建物《たてもの》のわきにはえた雑草《ざっそう》がゆれています。そのあいだから、全身《ぜんしん》、みどり色《いろ》の服《ふく》を来《き》た、小《ちい》さな男《おとこ》の子《こ》があらわれました。

「パック！」

声《こえ》をそろえておどろくレイナと有紗《ありさ》を見《み》て、パックは、けらけらとわらい声《ごえ》をあげました。姿《すがた》は人形《にんぎょう》のようにかわいいのに、そのわらいには、邪悪《じゃあく》なひびきがまじっていました。

「レイナ、そして、リリア族《ぞく》のアリサ、よく聞《き》くがいい」

このあいだ、レイナのまえに姿《すがた》をあらわしたときとはちがって、パックの口《くち》ぶりはやけにえらそうになっていました。

「パトリックは、鏡《かがみ》のなかにとじこめた。妖精《ようせい》の兵隊《へいたい》の将軍《しょうぐん》になるまで、ずっとそこにいることになるだろう」

「鏡《かがみ》のなかに?」

「妖精《ようせい》の兵隊《へいたい》の将軍《しょうぐん》?」

あぜんとするレイナたちに、パックは、また、けらけらとわらいました。

「ほんとうは、最後《さいご》までだまっているつもりだったが、レイナめ、さすがは妖《よう》精《せい》の女王《じょおう》に信頼《しんらい》されているだけのことはある。そこまで、かぎつけたのならば、教《おし》えてやろう。まあ、知《し》ったところで、いまさらどうしようもないが」

パックは、非常口《ひじょうぐち》から、バレエ団《だん》の建物《たてもの》のなかに入《はい》りました。

ろうかに、たくさんのバレリーナたちが立《た》っていました。外《そと》に出《で》ていったレイナと有紗《ありさ》が、気《き》になっていたのでしょう、みんな、こちらを向《む》いています。

そのたくさんの目《め》が、小《ちい》さな妖精《ようせい》の姿《すがた》をとらえて、まんまるになりました。

「な、なんなの、あれ……」

ひとりの女《おんな》の子《こ》が、悲鳴《ひめい》のような声《こえ》をあげかけたときです。パックは、また右《みぎ》うでをあげました。

そのとたん、あたり一面《いちめん》が、白《しろ》い光《ひかり》に包《つつ》まれました。光《ひかり》は一瞬《いっしゅん》で消《き》えましたが、そのあとの光景《こうけい》に、レイナは、がくぜんとしました。

「み、みんな、かたまっちゃってる……」

ろうかには、あいかわらず、バレリーナたちがいます。けれども、だれひとりとして、動《うご》く者《もの》はいません。さっき声《こえ》をあげた女《おんな》の子《こ》も、口《くち》をひらいたまま、ろう人形《にんぎょう》のように、つったっています。

「なに、命《いのち》をうばったわけじゃない。ほんのしばらく、時間《じかん》をとめただけだ」

「時間《じかん》をとめただけ……」

「十分《ぷん》もしないうちに、自然《しぜん》にもとにもどるさ。何《なに》を見《み》て、何《なに》が起《お》きたかも、おぼえてやしないだろうよ」

(これが宮廷妖精《きゅうていようせい》の魔力《まりょく》……)

レイナは、ひざがふるえました。

「さあ、それじゃあ、見《み》にいこうか。鏡《かがみ》のなかのパトリックを」

パックは、平然《へいぜん》としていうと、動《うご》きをとめたバレリーナのあいだをぬって、歩《ある》きはじめました。

スタジオ3

「さあ、ここだ」

パックが指《ゆび》さしたのは、二階《かい》へあがってすぐの『スタジオ3』と書《か》かれた部《へ》屋《や》でした。

ひらいたドアから、なかをのぞきこむと、だれもいません。

「ここには、だれも入《はい》れないよう、魔法《まほう》で、結界《けっかい》をはっておいた」

「結界《けっかい》？」

「魔法《まほう》で守《まも》られた空間《くうかん》のことだ。人間《にんげん》どもには、ここにスタジオがあることさえわからないだろう。あるはずのものが見《み》えないことさえ、気《き》づかない。どうだ、宮廷妖精《きゅうていようせい》の力《ちから》を思《おも》い知《し》ったか」

パックは、またけらけらとわらうと、スタジオのなかに入《はい》っていきました。

そこは、ほかのスタジオと同《おな》じように、すべての壁《かべ》が鏡《かがみ》になり、バーがついていました。パックは、まっすぐ進《すす》むと、鏡《かがみ》を指《ゆび》さしました。

「ここをのぞいてみろ。おもしろいものが見《み》えるぞ」

レイナと有紗《ありさ》は、いわれるままに、パックの小《ちい》さな指《ゆび》の先《さき》を見《み》つめました。

鏡《かがみ》のなかに、白《しろ》いチュチュを着《き》たバレリーナたちが、たくさんいます。輪《わ》になってすわっています。

そのまんなかで、ふたりの人《ひと》が、かろやかなステップで、バレエを踊《おど》っていました。ひとりは白《しろ》いチュチュをきたバレリーナですが、もうひとりは、男《おとこ》の人《ひと》でした。すらりと背《せ》が高《たか》く、みじかい髪《かみ》はつややかで、まるでギリシャの彫《ちょう》

刻《こく》のように、彫《ほ》りの深《ふか》い顔《かお》……。

「パトリック！」

有紗《ありさ》が大声《おおごえ》でさけびました。

そうです、鏡《かがみ》のなかでおどっているのは、パトリックでした。

「いったい、どうやって、こんなことを……」

レイナが声《こえ》をふるわせると、パックは、また、にんまりとしました。

「それは、バレリーナの顔《かお》を見《み》れば、わかるのではないかな？」

（バレリーナの顔《かお》？）

レイナは、鏡《かがみ》の中《なか》に、目《め》を凝《こ》らしました。

「ああっ！　ぜんぶ、杏奈《あんな》さん……」

そうです。鏡《かがみ》の中《なか》で、パトリックといっしょに踊《おど》っているのも、杏奈《あんな》なら、輪《わ》になってふたりを見《み》つめているのも、杏奈《あんな》です。

「そんなばかな……。こんなこと……」

「わたしは、宮廷妖精《きゅうていようせい》、このぐらいのこと、なんでもない」

パックは、けらけらと、ばかにしたようなわらい声《ごえ》をあげました。

「だが、それも芸《げい》のない話《はなし》だな。よろしい、もう少《すこ》し説明《せつめい》しよう。これはな、『むこうみずエドリック』の魔法《まほう》だ」

「『むこうみずエドリック』？」

「そうだ。妖精《ようせい》の間《あいだ》に伝《つた》わる伝説《でんせつ》だ。パトリックが、それと同《おな》じ運命《うんめい》をたどるようにするのが、『むこうみずエドリック』の魔法《まほう》さ」

「なんですって？」

声《こえ》をあげたのは、有紗《ありさ》でした。その顔《かお》は、紙《かみ》のように白《しろ》くなっています。

レイナはなんだか、心配《しんぱい》になりました。

「あの、その伝説《でんせつ》というのはいったい……」

「アリサよ。話《はな》してやるがいい」

パックは、にたにたしています。有紗《ありさ》は、憎々《にくにく》しげにパックをにらんでいましたが、やがて、静《しず》かに、語《かた》りはじめました。

むかし、スコットランドの村《むら》に、エドリックという若者《わかもの》がいました。とても力《ちから》が強《つよ》くて、狩《か》りがうまく、みんなから、尊敬《そんけい》されていたそうです。

ある日《ひ》、森《もり》へ狩《か》りにでかけたエドリックは、えものを深追《ふかお》いしすぎて、帰《かえ》り道《みち》がわからなくなってしまいました。やがて日《ひ》も暮《く》れ、こまっていると、森《もり》の奥《おく》に、灯《あか》りのついた農家《のうか》を見《み》つけました。

道《みち》をたずねようと、近《ちか》づいてみると、窓《まど》ごしに、部屋《へや》のなかで踊《おど》っている娘《むすめ》が見《み》えます。その美《うつく》しいことといったらありません。

こんな森《もり》の奥《おく》に、これほど美《うつく》しい娘《むすめ》がいることを、エドリックはあやしみました。この娘《むすめ》は、妖精《ようせい》にちがいない、と……。

けれども、あまりの美《うつく》しさに、エドリックは目《め》をそらすことができませんでした。そして、人間《にんげん》の世界《せかい》へさらって帰《かえ》ろうと、決心《けっしん》すると、家《いえ》の中《なか》に入《はい》りました……。

そこで、パックが口《くち》をはさみました。

「妖精《ようせい》の家《いえ》に入《はい》るなど、なんとも、むこうみず。だから、『むこうみずエドリック』というのだよ」

「そ、それで、エドリックは、その後《あと》、どうなったの？」

レイナが聞《き》くと、有紗《ありさ》は顔《かお》をくもらせました。

「妖精《ようせい》の娘《むすめ》を人間《にんげん》の世界《せかい》へ連《つ》れていって、奥《おく》さんにしたの。でも、妖精《ようせい》の娘《むすめ》は納得《なっとく》してはいなかった。それで、あるとき、すきを見《み》てにげだしたの。それを知《し》ったエドリックは、かなしみのあまり死《し》んでしまった……」

「死《し》んだ……」

レイナは、息《いき》が止《と》まりそうになりました。パックのいうとおり、パトリックが同《おな》じ運命《うんめい》をたどるのだとしたら……。

「そうかなしむものではない。エドリックは、ただ死《し》んだのではない。そのあとに大活躍《だいかつやく》をしたのだよ」

パックは、そういうと、有紗《ありさ》に話《はなし》のつづきをうながしました。

「エドリックは、死《し》んだ後《あと》、妖精《ようせい》を守《まも》るため、人間《にんげん》たちと戦《たたか》ったの」

「人間《にんげん》だったエドリックが、人間《にんげん》と戦《たたか》った？」

レイナは、あっけにとられました。

「そう。人間《にんげん》たちは、自分《じぶん》たちの村《むら》を広《ひろ》げるため、つぎ々と森《もり》を切《き》りひらき、そこに住《す》んでいた妖精《ようせい》たちを追《お》い出《だ》したの。そこに、亡霊《ぼうれい》となったエドリックが、たちはだかったのよ。でも、それはあくまで伝説《でんせつ》で……」

そこで、パックはきっぱりと首《くび》をふりました。

「伝説《でんせつ》かどうかは問題《もんだい》ではない。妖精《ようせい》のために戦《たたか》う人間《にんげん》が必要《ひつよう》なのだ」

「そ、それじゃあ、最初《さいしょ》からそのつもりで、『恋《こい》の薬《くすり》』を……」

パックは、レイナにむかって、あっさりうなずきました。

「そうだ。『恋《こい》の薬《くすり》』で、パトリックの心《こころ》をまどわす。そして、相手《あいて》の女《おんな》の幻《まぼろし》を魔法《まほう》の鏡《かがみ》の中《なか》に見《み》せる。すると、恋《こい》こがれたパトリックは、思《おも》わず鏡《かがみ》の中《なか》にひきこまれる」

「じゃあ、杏奈《あんな》さんは、ただのおとり……」

すると、パックは、ちょっと顔《かお》をしかめました。

「杏奈《あんな》の場合《ばあい》はな。パトリックを鏡《かがみ》にとじこめたいま、もう用《よう》はない。バレエ団《だん》の裏《うら》の物置《ものおき》をのぞいてみるがいい。そこに眠《ねむ》っているさ。だが……」

パックは、レイナをにらみつけました。

「ほんとうは、おまえをつかうつもりだった。パトリックともども、鏡《かがみ》の世界《せかい》に、とじこめ、死《し》んでもらうためにな」

「あたしを、とじこめる？　ど、どうして？」

「おまえが、じゃまだからだ」

パックは、そういうと、鏡《かがみ》にもたれかかりました。

「おまえのせいで、妖精《ようせい》の女王《じょおう》は、本気《ほんき》で人間《にんげん》と妖精《ようせい》をなかよくさせようと考《かんが》えるようになった。だが、わたしは反対《はんたい》だ。妖精《ようせい》のすみかをこわしつづける人《にん》間《げん》と、なかよくなるなど、とんでもない！」

パックは、声《こえ》を荒《あ》らげました。

「人間《にんげん》はやっつけなければならない。人間《にんげん》から、わたしたちの森《もり》を、とりもどさなくてはならない。だが、妖精《ようせい》は小《ちい》さい。力《ちから》も弱《よわ》い。わたしのようなフェア

リーは、人間《にんげん》の赤《あか》ん坊《ぼう》ほどしかないし、いちばん大《おお》きいエルフでさえ、アリサのサイズだ。戦《たたか》っても勝《か》ち目《め》はない」

パックは、小《ちい》さな体《からだ》をふるわせて、語《かた》りつづけました。

「妖精《ようせい》の女王《じょおう》は、妖精《ようせい》と人間《にんげん》がなかよくくらせる世界《せかい》を作《つく》らなければという。それはかまわない。が、なかよくなっていいのは、妖精《ようせい》のために、他《ほか》の人間《にんげん》をやっつけてくれる人間《にんげん》だけなのだ！」

「ひどい！　そんなことのために、パトリックを利用《りよう》するなんて！」

有紗《ありさ》が、悲痛《ひつう》なさけび声《ごえ》をあげました。

「パック！　こんなことして、ただではすまないわよ。これは、妖精《ようせい》の女王《じょおう》に対《たい》する、立派《りっぱ》な反逆《はんぎゃく》。宮廷妖精《きゅうていようせい》のくせに、反乱者《はんらんしゃ》なのよ、あなたは！」

「かまわんさ。王国《おうこく》の妖精《ようせい》の半分《はんぶん》は、妖精《ようせい》の女王《じょおう》に反対《はんたい》しているのだ。パトリックが死《し》に、亡霊《ぼうれい》となり、妖精《ようせい》の軍隊《ぐんたい》をひきいて人間《にんげん》に戦《たたか》いをいどめば、わたしの方《ほう》が正《ただ》しいと考《かんが》える妖精《ようせい》は、もっと増《ふ》える。そうなれば……」

パックの表情《ひょうじょう》がゆるみました。

「妖精《ようせい》の女王《じょおう》の方《ほう》が、妖精《ようせい》に対《たい》する反逆者《はんぎゃくしゃ》になる」

（なんておそろしいことを考《かんが》えてるの！　なんとかしなくちゃ！）

レイナは、『ウルフ・クリスタル』をそっと見《み》てみました。チアーズのいったとおり、白《しろ》い水晶《すいしょう》のなかで、ぼうっと赤《あか》い光《ひかり》がともっています。

（呪文《じゅもん》をとなえなくちゃ。パックをかなしばりにして、これ以上《いじょう》、おそろしい計画《けいかく》を進《すす》めるのを止《と》めなくちゃ！）

「パトリックを妖精《ようせい》の将軍《しょうぐん》にするのだ！　そしてはじめるのだ、妖精戦争《ようせいせんそう》を！」

パックは、自分《じぶん》に酔《よ》いしれたようになって、さけんでいます。

（いまよ！）

レイナは、『ウルフ・クリスタル』をパックにむけました。

「サライム・エッサイム・テトラグラマトン！」

その瞬間《しゅんかん》、白《しろ》い石《いし》から、強烈《きょうれつ》な光《ひかり》がはなたれました。

あまりのまぶしさに、目《め》がくらんで、なにも見《み》えません。

（どう？）

レイナは、目《め》をとじ、それから、ゆっくりとあけてみました。

ところが、鏡《かがみ》のまえに、パックの姿《すがた》がありません。

「くくく！　そうかんたんに、やられてたまるか」

パックは、右《みぎ》の鏡《かがみ》のまえで、わらっていました。

「い、いつのまに……」

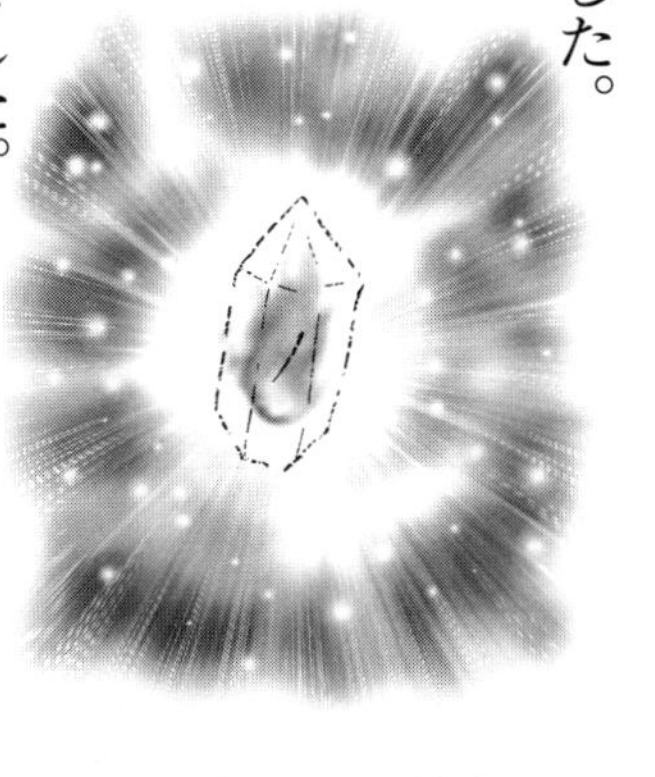

「小《ちい》さいということは、それだけ身《み》のこなしがすばやいということだ。ネコやネズミのようにな」

パックはまるで、えものをねらうネコのように、体《からだ》をまるめました。

「それにしても、おまえは、ほんとうに油断《ゆだん》のならないやつ。正面《しょうめん》から戦《たたか》っても、かないそうにない。もう用《よう》はすんだことだし、帰《かえ》らせてもらうとしよう」

「待《ま》って！　パトリックはどうなるの！」

有紗《ありさ》が、金切《かなき》り声《ごえ》をあげました。

「いっただろう？　もうどうしようもない。ああやって踊《おど》りつづけ、やがて、つかれて死《し》んでしまう。亡霊《ぼうれい》となり、そして、妖精《ようせい》の軍隊《ぐんたい》の将軍《しょうぐん》となるのだよ」

パックは、つめたくいいはなつと、ちぢめた体《からだ》をぱっとのばしました。あまりの早《はや》さに、みどり色《いろ》のにしか見《み》えないほどです。

「にげられちゃう！　レイナちゃん、なんとかして！」

有紗《ありさ》がさけんだそのときです。ドアにむかってとんでいくみどり色《いろ》の影《かげ》に、白《しろ》い影《かげ》がぶつかりました。

「ぎゃっ」

苦《くる》しそうな声《こえ》が聞《き》こえたかと思《おも》うと、みどりと白《しろ》の影《かげ》が、どさっと、床《ゆか》に落《お》ちました。床《ゆか》の上《うえ》で、みどりの影《かげ》は小《ちい》さな人《ひと》の姿《すがた》に、白《しろ》の影《かげ》は、ネコの姿《すがた》になっていました。

「ミカエル！」

そうです。ドアから走《はし》りこんできた白《しろ》い影《かげ》は、白《しろ》ネコのミカエルでした。

ミカエルの体《からだ》は、パックと同《おな》じくらい。でも、馬《うま》のりになったミカエルは、ふたつの前足《まえあし》で、パックをおさえ、するどいつめをたてています。

「レイナ！　呪文《じゅもん》を唱《とな》えろ！　早《はや》く！」

「う、うん！」

われに返《かえ》ったレイナは、『ウルフ・クリスタル』を、パックの体《からだ》におしつけると、すかさず呪文《じゅもん》をとなえました。

「サライム・エッサイム・テトラグラマトン！」

ふたたび、あたりは、まばゆい光《ひかり》につつまれました。

が、すぐに光《ひかり》が消《き》えました。パックは、さっきと同《おな》じように、ミカエルにおさえこまれています。

ミカエルは、静《しず》かに前足《まえあし》をはなしました。けれども、こんどは、パックはぴくりとも動《うご》きません。よつんばいになった姿《すがた》のまま、かたまっています。

「やったな、レイナ……」

ミカエルは、汗《あせ》をぬぐうように、前《まえ》足《あし》で顔《かお》をなでています。
「う、うん。ミカエル、ありがとう。でも、よくわかったね」
「ああ。どうしてもパックが見《み》つからないのはおかしいと思《おも》って、考《かんが》えなおしたんだ。街《まち》には出ていないってことかもって。じゃあ、どこにいるか。パトリックをねらったんだから、パトリックがいるところ、つまり、ここだ」
なるほどと、レイナは思《おも》いました。

「それにしても、まにあってよかった」

ミカエルの、ほっとした声《こえ》に、有紗《ありさ》のかなしそうな声《こえ》が、かぶりました。

「でも、パトリックはどうなるの！」

「そ、そうだよ。ミカエル、なにか方法《ほうほう》はない？」

けれどもミカエルは、こまったようにうつむきました。

「え？　い、いや、あたしも、そこまでは……」

「そんな！　それじゃあ、パトリックは、死《し》んでしまうよ！」

鏡《かがみ》の中《なか》で、パトリックは踊《おど》りつづけていました。

バレリーナたちは、つぎつぎにたちあがって、相手役《あいてやく》を交代《こうたい》します。でも、どのバレリーナも、杏奈《あんな》の顔《かお》。パックの『恋《こい》の薬《くすり》』で、杏奈《あんな》に恋《こい》をしているパトリックは、うれしそうな顔《かお》で、いつまでも、いつまでも踊《おど》っています。

（やめさせなくちゃ！　なんとかして、踊《おど》るのをやめさせなくちゃ！）

でも、この魔法《まほう》は、宮廷妖精《きゅうていようせい》のパックがかけたもの。方法《ほうほう》もわからなければ、魔力《まりょく》でもかないません。

「パトリック……」

鏡《かがみ》にむかって、有紗《ありさ》は声《こえ》をかけつづけています。が、パトリックは、見向《みむ》きもしません。

（見向《みむ》きもしない……。ちょっと待《ま》って）

レイナの頭《あたま》の中《なか》で、ふと、パトリックの言葉《ことば》がよみがえりました。

『ほんとうにすばらしいバレエは、どんな人《ひと》の心《こころ》もとらえる。バレエを知《し》らない人《ひと》、バレエに魅力《みりょく》を感《かん》じない人《ひと》でも、おもわずふりかえらせてしまう力《ちから》があるんだ。それこそが、バレエの魔力《まりょく》さ』。

（おもわずふりかえらせる魔力《まりょく》……。そ、そうか！）

「有紗《ありさ》さん！　踊《おど》って！」

「え？　踊《おど》る？」

「そう、踊《おど》るの。有紗《ありさ》さんのきれいな踊《おど》りで、鏡《かがみ》の中《なか》のパトリックさんをふりかえらせるのよ」

パトリックが杏奈《あんな》に見《み》とれているのは、妖精《ようせい》の薬《くすり》の力《ちから》です。でも、ほんとうにすばらしいバレエは、その力《ちから》にうちかつ、魔力《まりょく》をもっているはずです。

しばらく考《かんが》えていた有紗《ありさ》は、とつぜん、目《め》をかがやかせました。

「わかった！　やってみる！」

有紗《ありさ》は、たちあがると、足《あし》を第《だい》五ポジションにしました。それから、ひざをくっとまげると、ジャンプをしました。

有紗《ありさ》は、スタジオのなかを、ところせましと動《うご》きまわりながら、踊《おど》りました。片脚《かたあし》でジャンプしたり、うでを流《なが》れるように上下《じょうげ》させたり。ときには、くるりと美《うつく》しいピルエットを見《み》せています。

「す、すごいな。音楽《おんがく》もないのに、よく踊《おど》れるな」

「それどころか、踊《おど》りを見《み》ていると、音楽《おんがく》が聞《き》こえてくるような気《き》がする」

そういいながら、レイナは鏡《かがみ》のなかをのぞいてみました。

すると、どうでしょう。鏡《かがみ》の中《なか》で、パトリックは踊《おど》りをやめていました。杏奈《あんな》の顔《かお》をしたバレリーナたちも、腰《こし》をうかしています。

「有紗《ありさ》さん！　パトリックが、有紗《ありさ》さんのこと、見《み》てるよ！」

有紗《ありさ》は小《ちい》さくうなずくと、ますます激《はげ》しく動《うご》きはじめました。額《ひたい》には玉《たま》のような汗《あせ》がういています。でも、その踊《おど》りは、あくまでも軽《かろ》やかです。

「野原《のはら》をわたる風《かぜ》みたいだな」

ミカエルが、うなりました。

「あたしには、風《かぜ》にそよぐ、絹《きぬ》のカーテンみたいに見《み》えるよ」

レイナも、うっとりとしてそういうと、鏡《かがみ》をふりかえりました。

パトリックも有紗《ありさ》に見《み》とれていました。窓《まど》ガラスに顔《かお》をくっつけるように、鏡《かがみ》のむこうから、こっちをじっと見《み》ています。

「がんばって、有紗《ありさ》さん！」

有紗《ありさ》の息《いき》があがっているのが、わかります。でも、有紗《ありさ》は、笑顔《えがお》をたやしません。ひざをまげ、体《からだ》をそらし、いつ終《お》わるともわからない、みごとなバレエをつづけています。

パリーン！

とつぜん、けたたましい音《おと》がして、鏡《かがみ》がわれました。
ふりかえると、鏡《かがみ》の破片《はへん》のあいだに、パトリックがたおれていました……。

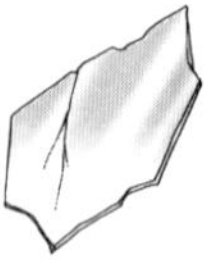

それから、二週間後《しゅうかんご》の土曜日《どようび》、レイナはチェンバレンとチアーズといっしょに、劇場《げきじょう》の観客席《かんきゃくせき》に座《すわ》っていました。
「いやあ、バレエというものを、はじめてみましたが、なかなかおもしろいものですなぁ」
となりで、チアーズもうなずいています。
「エリカさまに感謝《かんしゃ》です。犬《いぬ》のさんぽもお店番《みせばん》もしていただいて、ほんとうに申《もう》しわけないです」

レイナは、くすくすとわらいました。

「そう思《おも》うなら、もっと楽《たの》しまなくちゃ。ほら、第《だい》二幕《まく》がはじまるよ」

「レイナさまのお友《とも》だちが出《で》るのですな。たしか、パトリックさんと杏奈《あんな》さん、でしたな」

「あ、夜《よる》の部《ぶ》も、このおふたりが踊《おど》るんですね」

チェンバレンとチアーズが、パンフレットの配役《はいやく》を、指《ゆび》で追《お》っています。

それを見《み》て、レイナはちょっとかなしくなりました。

(有紗《ありさ》さん、『チョコレートの精《せい》』の役《やく》で、踊《おど》りたかっただろうな……)

パトリックが、鏡《かがみ》の中《なか》の世界《せかい》からもどってきたあと、有紗《ありさ》は、妖精《ようせい》の森《もり》へ帰《かえ》りました。

「かなしばりのパックを、妖精《ようせい》の女王《じょおう》にひきわたさなくちゃ。妖精《ようせい》の宮廷《きゅうてい》のなかにも、反乱《はんらん》をくわだてている妖精《ようせい》たちがいると、警告《けいこく》するわ」

有紗《ありさ》は、パトリックとふたりで踊《おど》るという夢《ゆめ》を、自分《じぶん》からあきらめたのです。

「いいのよ、レイナちゃん。これは、人間《にんげん》は、かんたんにうらぎるだなんて、思《おも》ったあたしへの罰《ばつ》だと思《おも》うわ」

有紗《ありさ》は、さばさばとした顔《かお》で、そういいました。が、レイナは、その大《おお》きな目《め》のなかに、かなしそうな光《ひかり》がやどっているのを見《み》のがしませんでした。

パトリックと杏奈《あんな》は、なにごともなかったように、レッスンを再開《さいかい》しました。バレエ団《だん》の人《ひと》たちも、ふたりが行方不明《ゆくえふめい》になったことすら、おぼえていませんでした。もちろん、有紗《ありさ》がいたことも……。

（有紗《ありさ》さん、かわいそう）

でも、有紗《ありさ》のためにも、がんばらなくてはと思《おも》いました。パックはいっていました。王国《おうこく》の妖精《ようせい》たちの半分《はんぶん》は、妖精《ようせい》の女王《じょおう》に反対《はんたい》していると。

(これから、いったいなにがおこるんだろう)

ブー。

ブザーがなって、観客席《かんきゃくせき》の照明《しょうめい》が暗《くら》くなっていきます。

「おっ、いよいよ、第二幕《だいにまく》ですな」

チェンバレンの声《こえ》がはずんでいます。

すっかり暗《くら》くなった観客席《かんきゃくせき》で、レイナは心《こころ》にちかいました。

(でも、だいじょうぶ。あたし、妖精《ようせい》たちに教《おし》えてあげる。人間《にんげん》と妖精《ようせい》は、かならずなかよくなれるって)

レイナをはげますように、オーケストラの演奏《えんそう》がはじまりました。

あとがき　＝　妖精《ようせい》のお話《はなし》は、おとぎ話《ばなし》じゃない

石崎洋司《いしざきひろし》

こんにちは、石崎洋司《いしざきひろし》です。

今回《こんかい》は、バレリーナの世界《せかい》が、お話《はなし》の舞台《ぶたい》でしたね。

バレエはヨーロッパで始《はじ》まり発展《はってん》したものです。けれども、日本《にほん》でも、とてもなじみの深《ふか》いものになっていますよね。

みなさんのなかにも、バレエを習《なら》っている人《ひと》、いませんか？　自分《じぶん》はしていなくても、友《とも》だちや親《しん》せきの人《ひと》がやっている、という人《ひと》も多《おお》いかもしれません。

街《まち》を歩《ある》いていても、大小《だいしょう》さまざまなバレエスタジオが、目《め》につきます。

だから、バレエの演目《えんもく》としてよくとりあげられる「くるみわり人形《にんぎょう》」も、とても有名《ゆうめい》、

……というわけでもないようです。

名前《なまえ》は聞《き》いたことある、とか、音楽《おんがく》はチャイコフスキーが作曲《さっきょく》したんでしょ、などと

いう人《ひと》は、ときどきいます。でも、かんじんのお話《はなし》の中身《なかみ》については、どうでしょう。ためしに、まわりの大人《おとな》にも聞《き》いてみてください。今回《こんかい》のお話《はなし》のなかの美貴《みき》みたいに、「くるみわり人形《にんぎょう》」のあらすじをいえる人《ひと》って、ほとんどいないんじゃないでしょうか。

有名《ゆうめい》なお話《はなし》なのに興味《きょうみ》をもってくれないのは、もしかしたら、大人《おとな》には、ばかばかしいおとぎ話《ばなし》にしか、思《おも》えないからなのかもしれません。

でも、くるみわり人形《にんぎょう》が、お菓子《かし》の国《くに》の王子様《おうじさま》だったなんて、ぼくには、とってもおもしろいんですけれどねえ。

それに、王子様《おうじさま》を助《たす》けたクララが、お菓子《かし》の国《くに》にまねかれて、女王様《じょおうさま》の「金平糖の精《こんぺいとうのせい》」や、チョコレートやコーヒーやお茶《ちゃ》の精《せい》にもてなしてもらうなんて、なんだか「浦島太郎《うらしまたろう》」に似《に》ているな、とか。

クララも浦島太郎《うらしまたろう》も人間《にんげん》で、それなのに、ふつうなら行《い》けないところへ連《つ》れていってもらい、「金平糖の精《こんぺいとうのせい》」とか「乙姫《おとひめ》」みたいな人間《にんげん》でない者《もの》と、なかよくなったりするんです。こんなにそっくりな話《はなし》が、言葉《ことば》も場所《ばしょ》もぜんぜんちがうところで、相談《そうだん》したわけでもないのに、できている。なんとふしぎで、おもしろいこと！

実《じつ》をいうと、これと似《に》たようなお話《はなし》は、人間《にんげん》と妖精《ようせい》の間《あいだ》にもあります。つまり、世界《せかい》中《じゅう》に、同《おな》じようなお話《はなし》が、たくさんあるんです。

これはいったいどういうことでしょう。

ぼくは、ときどき、こう思《おも》うことがあります。

「妖精《ようせい》」といったり、「精《せい》」といったり、「座敷《ざしき》わらし」といったり、場所《ばしょ》や話《はな》す言葉《ことば》によって、呼《よ》び方《かた》はさまざまだけれど、それらはほんとうにいる、少《すく》なくとも、昔《むかし》はほんとうにいたのかもしれない。そして、それらと人間《にんげん》は、ときどき、おたがいに交流《こうりゅう》があったのかもしれない。いろいろなお話《はなし》が語《かた》られているのは、その証拠《しょうこ》なのかもしれない、と。

もしこの考《かんが》えが正《ただ》しければ、妖精《ようせい》たちは、人間《にんげん》たちと同《おな》じように、暮《く》らしていたはずです。よろこんだり、悲《かな》しんだり、相手《あいて》を好《す》きになったり、反対《はんたい》に、きらったり、ねたんだり。そうでなければ、人間《にんげん》と妖精《ようせい》は、おたがいがわかりあえず、なかよくもできなければ、おそれたり、きらったりもできないでしょうから。

みなさんは、今回《こんかい》のお話《はなし》を読《よ》んでいて、だれが人間《にんげん》で、だれが妖精《ようせい》か、最初《さいしょ》からわかりましたか。けっこうわかりにくかったんじゃないでしょうか。

それは、おもしろく読《よ》めるよう、ぼくがわざとわかりにくく書《か》いたせいもあります。でも、同時《どうじ》に、人間《にんげん》も妖精《ようせい》も同《おな》じようなものだ、ということでもあります。

杏奈《あんな》も、パトリックも、有紗《ありさ》も、みんな、バレエが大好《だいす》きで、いっしょうけんめいに練習《れんしゅう》をしていました。だからこそ、つらいこともあったし、できなかったことができるようになって、よろこんだりもしました。

ね、同《おな》じでしょ、人間《にんげん》も、妖精《ようせい》も。

レイナも同《おな》じです。魔法《まほう》がつかえるレイナにも、できないことがたくさんあります。なにしろ、マジカル国王《こくおう》ににらまれているいま、王国《おうこく》にもどることすら、できないんですから。

そこへ、レイナが、どんな女《おんな》の子《こ》か、どんな心《こころ》の持《も》ち主《ぬし》かをためしに、つぎつぎと妖精《ようせい》たちがやってくる……。

それでも、レイナには、ミカエルという、たよりになる味方《みかた》がいるし、チェンバレンやチアーズといった、あたたかく見守《みまも》ってくれる人《ひと》がいます。

そして、なによりレイナには、目標《もくひょう》があります。

人間《にんげん》と妖精《ようせい》が、なかよく暮《く》らせるようにしたいという、大《おお》きな目標《もくひょう》です。

みなさんは、どうですか？　できないこともたくさんあるし、たいへんなこと、つらいこともいろいろあるんじゃないですか？　でも、みなさんを応援《おうえん》してくれる人《ひと》もいますよね。全員《ぜんいん》じゃないかもしれませんが、こうしたい、こうなりたいという、願《ねが》いや希望《きぼう》、目《もく》標《ひょう》を、もう持《も》っている人《ひと》もいるでしょう。

ね、同《おな》じでしょ、みなさんも、レイナも。

だから、妖精《ようせい》や魔法《まほう》つかいのお話《はなし》は、人間《にんげん》のことを考《かんが》えるお話《はなし》でもあるんです。

どうか、これからも、魔法《まほう》つかいのレイナを応援《おうえん》してくださいね。

著者紹介

石崎洋司《いしざきひろし》

1958年、東京都に生まれる。作品に「ハデル聖戦記」シリーズ（岩崎書店）のほか、「ミラクルもりめ」シリーズ（文溪堂）、「黒魔女さんが通る!!」シリーズ（講談社青い鳥文庫）、『チェーン・メール』（講談社）など多数。

栗原一実《くりはらかずみ》

京都府生まれ。京都府在住。2001年、講談社にて漫画家デビュー。講談社他で、読み切り、連載漫画を発表している。さし絵の仕事に『アタイ探偵局　四文字のひみつ』（岩崎書店）がある。

フォア文庫

http://www.4bunko.com

この文庫は、岩崎書店、金の星社、童心社、理論社の四社によって協力出版されたものです。

ISBN978-4-265-06412-0　NDC913・173×113

マジカル少女レイナII-2　妖精のバレリーナ

2010年 4 月　第 1 刷発行

著者　石崎洋司

画家　栗原一実

発行　株式会社　岩崎書店

東京都文京区水道 1-9-2

☎03(3812)9131・FAX03(3816)6033

本文・カバー・三美印刷／製本・福島製本印刷

落丁・乱丁本はおとりかえいたします。

http://www.iwasakishoten.co.jp

《フォア文庫》刊行のことば　フォア文庫30周年を迎えるにあたって

『だいすきな本みつかるよ！』

フォア文庫は、国際児童年の一九七九年十月、岩崎書店・金の星社・童心社・理論社の協力出版で誕生しました。四つの出版社が一つの児童文庫を創るという画期的な試みは、出版革命とまで言われ、読者の期待を集めました。

創刊四十点から始まったフォア文庫を熱心に読んでくださった皆さんの先輩は、今では社会の最前線で活躍されています。三十年間に発行された本は、七七四点、約三千万冊を超えました。あたたかい声援を送り続けてくださった読者の皆さんのおかげです。

創作文学を中心に、ノンフィクション・翻訳・推理・ＳＦと幅広い内容でスタートしたフォア文庫に、近年は皆さんのリクエストに支えられたファンタジーなど、エンターテインメントの書き下ろし作品も加わり、一層魅力的なラインナップになりました。

私たちは『だいすきな本みつかるよ！』と、自信を持って読者の皆さんに呼びかけます。フォア文庫は皆さんの現在と未来を見つめながら、より面白く、より胸をうつ、そして、より愛される本を作る努力を重ねてまいります。

やがて、皆さんは自立の時を迎えます。さまざまな読書の体験が、社会に羽ばたく皆さんの翼になってほしい、そんな願いをこめて、フォア文庫の出版を続けていきます。

「フォア文庫の会」岩崎書店・金の星社・童心社・理論社